雨降らし令嬢の幸せな結婚

当麻咲来

✦

Illustration
蜂不二子

雨降らし令嬢の幸せな結婚

contents

プロローグ

風がざわめいている。強まっていく風は湿った空気を孕(はら)んでいて、もう少し経(た)つと嵐になりそうだ。なんだか胸がざわざわとしている。ほらまた……雨の子が、生まれてくる。

(早く、外に出たい。ここは……空気が淀(よど)んでいるもの)

レイニーはカスラーダ侯爵の身内向けの報告会に呼ばれ、謁見室の一番後ろの端に立ち、すぐ横にある窓から外の景色を見ていた。外気は直接触れていなくても、レイニーにこれからの空模様を伝えて来る。

今は窓から明るい日差しが差し込んでいるが、後小一時間も経たないうちに天気は急変し、大粒の雨が降り出すだろう。

「最後に。……レイニー」

養父であるカスラーダ侯爵から突然名を呼ばれ、レイニーはハッとして慌てて視線を前に戻す。彼女の前や横にずらりと並んでいるのはカスラーダ侯爵の一門の者達(たち)だ。

その中には、レイニーも含め何人か侯爵に引き取られた養子達がいる。そして幼い頃は非凡だったのに、今は平凡に成り下がった彼女は、普段は侯爵から名前を呼ばれることもない。普段ならこの場にいなくても気づかれないほど矮小な存在なのに……。

だがそんなレイニーの紫色の目に鋭い視線を向けた侯爵は、彼女と目が合ったのを確認してから言葉を続けた。

「お前はウィルヘルムに嫁ぐことになるだろう」

「……え？」

思わず驚きの声が漏れた。周りからいくつもの視線が、一番末席にいた彼女に向かう。

「あの……私の、嫁ぎ先、ですか？」

なんとか侯爵の発した言葉の尻尾を捕まえて、そう尋ね返す。このまま一生、この屋敷で飼い殺しにされるのだと疑っていなかったのに。

（……結婚？）

「ああ、お前はウィルヘルム辺境伯当主の元に嫁ぐことになる。急ぎ準備を整えるといい」

侯爵の言葉に、驚いたように部屋にいた人々は騒めく。

（ウィルヘルム辺境伯？）

その名前は世情に疎いレイニーですら聞いたことがあった。ウィルヘルム領は、レイニーが住むフェアウエザー王国の王都から遠く離れた北の国境地域にある。厳しく険しいウィルヘルム山脈に阻まれ、王都との連絡すら困難な未開の土地だという。その上……。

「ウィルヘルム辺境伯当主が相手とは……」

「未開の蛮族やら盗賊やらとの血なまぐさい闘争を、日々繰り返しているという恐ろしい男か」

あからさまに馬鹿にしたような空気が漂うのは、カスラーダ侯爵の土地が肥沃で豊かだからこそだ。裕福な有力貴族の一門達からの、辺境の貧しい土地に対する驕（おご）りだろう。

「一応、うちの領地の端と隣接しているとはいえ、あそこは……」

「ああ、山を越えたら別世界だからな……」

好き勝手に噂話（うわさばなし）をしている人々の言葉を止めるように、目立ちたがり屋の一人の女性の拍手が響く。

「おめでとうございます。……アメフラシ、いえレイニー嬢にはふさわしい嫁ぎ先かもしれませんね」

拍手と共に一際大きな声を上げたのは、レイニーと同様、養女として侯爵に引き取られたドリスだ。

普段からレイニーを馬鹿にして嫌がらせをする筆頭だ。彼女はことあるごとに、後ろで控えているレイニーを表に引っ張り出しては、笑い者にしようとするのだ。アメフラシとわざわざ呼ぶのは、雨を降らせるという醜い海の生き物に準（なぞら）えて、レイニーにぴったりだと彼女が付けたあだ名だ。養子達の中では、彼女のせいでレイニーの別名としてその名が浸透している。

「ふふふ。きっと、アメフラシ令嬢の名のとおり、辺境に雨を降らせることができれば、辺境の民に感謝されるでしょう」

その場を主導する彼女の言葉に同調するように、くすくすと嘲笑するような笑いが広がる。

「確かにね。雨が降らせることができれば、ね」

「たった一度も、レイニーが雨を降らせるのを、見たことないが……」

「可哀想に。雨を降らせられなければ、血に飢えた辺境伯にズタボロにされて捨てられてしまうかもしれないなあ」

室内に嘲り笑う声が広がっていく。人々の悪意が拡散すると共に、鼻を突くのはすえたような嫌な匂いだ。昔から存在しないはずの匂いに鼻の利くレイニーは、その腐りきった匂いに吐き気がこみあげる。だがあちこちから聞こえるドリスの言葉に同調するような声が上がった中、もう一人の養女がぽつりと呟いた。

「でもまあ、どんなド田舎でも、辺境伯夫人になれるのなら悪くないかもね」

そう言いながら、ため息を吐き出したのはイブリンだ。美人で社交界の花と称えられている彼女は、レイニーのような『利用価値のない養子』ではない。

（いつもはドリスが何を言っても、黙って聞き流しているくせに……）

レイニーがそう思った瞬間、ざわざわとした雰囲気を切り捨てるような冷徹な声が響いた。

「ウィルヘルムとしては、お前の『慈雨の乙女』としての能力を望んでいるかもしれないな。まあ……皆もよくわかっていると思うが、余計なことは一切外では口走らないように。レイニーは、せいぜい、辺境伯が望んだら雨を降らせられるように準備をしておくことだ。お前は教会が認定した聖女、『慈雨の乙女』なのだからな」

レイニーが今、雨を降らせられないということは、侯爵の身内のみが知っている公然の秘密だ。だがその事実は辺境伯には知らされていないのかもしれない。その事実の重さにじわりと不安を感じる。だ

（雨なんて、もうずっと降らせられていないと、養父様だってよく御存じなのに……）

だが侯爵の言うことに逆らうことなどできない。そして報告会は侯爵の締めの言葉で終わり、レイニーは何も言葉にできないまま、侯爵の謁見室を出ていった。


侯爵が住む王都のタウンハウスの母屋から、レイニー達養子が生活している離れの家までは、庭を抜けていく方が近い。レイニーは一人、侯爵邸の丹精された庭を歩いている。

「『慈雨の乙女』……だなんて」

レイニーが生まれたアルクス子爵家には、昔から特別な能力を持つ子供が時折誕生すると言われていて、そうした子供達はたいがい紫色の瞳を持っていた。そしてアメジスト色の瞳のレイニーも、特別な能力を授かっていた。

そんな彼女が四歳になった時、希有な能力を持つ娘として、教会からレイニーが賜った二つ名が『慈雨の乙女』であった。彼女は幼少期から神に祈れば雨雲を呼び、雨を降らせることができたのだ。

（でも今はそんな力、とっくに消えてしまったけれど……）

今も彼女の鋭い鼻は、雨の匂いを嗅ぎ取るし、いつ雨が降るかも正確にわかる。けれど幼い頃のように、雨を降らせることはずっとできていない。カスラーダ侯爵は、雨を降らせる能力を買って、両親を失った彼女を養女として引き取った。だがこの家に来てから彼女の祈りで雨は一粒たりとも降ることはなく、期待外れの結果に終わっている。

ふと彼女の心の中に、彼女が幸せだった頃の光景が広がる。

『レイニー、ありがとう』

『レイニーが雨を降らせてくれたから、領地のみんなが喜んでいるよ』

『ありがとう。レイニーお嬢様！』

降り注ぐ雨に、手を空に掲げて、くるくると踊るように回って喜びの声を上げる人々。領地は小さく貧しかったけれど、小さな『慈雨の乙女』をみんな愛してくれていた。

幼い頃のレイニーは、心からの愛を注いで育ててくれた温かい手と、優しい声にいつも囲まれていた。それを思い出すたびに、愛に包まれた幸せだった気持ちに胸が熱くなる。

（どんな貧しい土地だって構わない。こんな冷たい人間達に囲まれているより……）

彼女のことを、侯爵の身内達は「雨を降らせられない『アメフラシ』」と呼んで馬鹿にしていた。けれど雨を降らせられるという理由で、辺境伯が彼女を受け入れると言ったのなら……。

彼女が首を横に振ってため息をつく。勝手に期待されてそれができなくてうんざりした顔をされる。そんな過去は幾度も経験してきた。

だが不平を言いたくても、両親を亡くしたレイニーを引き取ったのは侯爵で、養女といえど父親は娘の嫁ぎ先を決める権利を持っているのだから、何かを言ったとしても無視されるだけだろう。

（辺境伯は、北の僻地（へきち）に住む蛮族達の首をかたっぱしから落として、城壁に飾っていると聞いたわ）

蛮族と戦う彼らもまた蛮族なのだと噂（うわさ）されている。そんな恐ろしい人のところに嫁いで、しかも望まれた能力が使い物にならないと知られたら。

ゾワリと背筋が震えた。どうしようもない運命に翻弄されて、逃げることもできない。

(きっと……大丈夫よ。たとえ命を奪われたとしても、お父様とお母様のいるところに行くだけ。神様の下に行くまでは、やれることをやるしかないもの)

辛い時にはいつもそう自分に言い聞かせて慰めている。だが不安な気持ちのまま、ずっと下を向いて歩いていたからだろう。いつ踏まれてもおかしくない道の真ん中に、小さな青い花が咲いていることに気づいた。

健気(けなげ)で素朴で、けれど冬の晴れた空のような、美しい青色の花だ。地面にべたりと張り付くように咲いていて、葉っぱは白っぽくて少し肉厚だった。名もなき野花だろうが、このあたりではあまり見かけたことがない。

「こんなところで咲いていたら、誰かに踏まれちゃう……」

周辺では庭師がよく作業をしている。今までよくぞ踏み潰されていなかったと思うほどだ。なんとか花を花壇に移し替えようと考えて、何も道具がないのでスカートをたくしあげるとしゃがみ込み、仕方なく手で掘り始めた。

「これ……かなり根が深いのかな……。雨が降り出す前に、植え替えないと……」

地上に現れているのは、か弱そうな小さな花と葉なのだが、意外にも根が深く張っているらしく、ちょっと指先で周りの土を掻(か)いたくらいでは、掘り起こせなさそうだ。レイニーは少し思案する。

（今日は一張羅のドレスを着ているからよごしたくはないな……）

侯爵邸での報告会にだけ身に着けるドレス姿の自分を見下ろしてから、ポーチからハンカチを地面に敷いて膝をつく。

「よし、これでいける」

そうして本格的に土を掘り返そうとする。

「……何をしている？」

だがその瞬間、レイニーの頭の上に日影ができた。レイニーは小さくかけられた声に、咄嗟に上を向いて声の主を確認する。

「――ひっ」

その姿を見た途端、びっくりして思わず小さく悲鳴を出してしまった。上から覗き込んでいたのは、銀髪にぼうぼうの髭。一見恐ろしげな容貌だが、目だけは緑色で優しい印象だった。

（誰だろう？　見たことがない人だ）

新しい庭師だろうか。そう考えて慌てて愛想よく見えるように笑顔を浮かべて見せた。

「こ、こんにちは」

「それをどうしようと？」

挨拶すら返さず、無愛想に尋ねてくるのはまるで熊のように大きな体躯の男性だ。だが素っ気ない言葉遣いのわりに落ち着いた話しぶりで、清涼感のある深く耳馴染みのよい声をしていた。レイニーは花を手で囲うようにしながら、上を向いて答えた。

「こんなところに咲いていたら、誰かに踏まれてしまうと思って。どこか別の場所に植え替えようと考えたのです」

彼女の言葉に、男は小さく頷いた。

「……俺が代わりにやろう。その花は根が深くて、簡単には掘り起こせない」

そう言うと彼女の代わりに彼はその場に座り込んだ。持っていた小刀を器用に使って、大きな体を縮め、意外なほど繊細な手つきで根を傷つけないように丁寧に周辺を掘り起こし、花を救い出す。最初は庭師か何かと思っていたが、改めて見ると彼が騎士らしい装束をしていることに気づく。腕まくりした前腕の筋肉の筋が綺麗に走って、男が騎士など体を使う職業であることを裏付けていた。

（もしかして、侯爵邸を訪ねてきたお客様かしら）

レイニーがそう思って見ていると、彼は青い花を根ごと大きな手のひらに載せて立ち上がり、周りを見渡す。

（お、大きい……）

改めて隣に立って並ぶと小柄なレイニーに比べ、彼は見たこともないくらい大柄の男性だった。標準的な体格のレイニーの頭は彼の胸の下あたりだ。

（やっぱりこの人、熊みたい……それなのにこんな小さな植物に優しいのね）

無骨で大柄な男性が、大切そうに手のひらに置いている花を見て、その落差にほっこりとする。

「ああ、あの木の下がいい」

彼が向かったのは葉の茂った大木だ。そして彼はゆっくりと木の根元まで歩いていき、踏まれにくそうな場所に花を植え始める。レイニーも咄嗟に彼の後を追って、彼が青い花の花びら一つ落とさず、まるで庭師のように丁寧に植えつけていくのをじっと見ていた。

「これでよし」

満足げに言うと彼は立ち上がる。だが一瞬汚れた自分の手を見て、しまった、とばかりに眉を下げた。

「あ、あの……」

これから誰かを訪ねるのなら、手が土まみれでは困るのかもしれない。咄嗟に先ほど膝に敷いていたハンカチを取り出す。少し土ぼこりはついているけれど払ったら綺麗になった。レイニーはハンカチを彼に差し出した。

「手を拭く程度には使えると思います……」

彼女がハンカチを渡すと彼は一瞬躊躇(ためら)ったが、レイニーに再び目顔で促され、そっと土で汚れた指先をそのハンカチで拭った。

「ありがとう。これから交渉事があって侯爵邸に向かうところだったので助かった。後で返しに行くので、名前を教えてもらえないか？」

紳士的に尋ねられた言葉に、彼女は首を横に振る。

「そのハンカチ、もう何度も洗濯して古びているので、捨ててください」

「だが……」

彼がそう答えた瞬間、彼の顔を見上げていたレイニーの頬(ほお)に、雨が当たる。

「もう雨が降ってきましたね。あっという間に大粒の雨になりますよ。濡(ぬ)れる前に行った方がいいです。それでは……失礼します」

レイニーは踵(きびす)を返し自分の部屋を目指す。そんな彼女の背中を、ハンカチを握りしめたその男性がじっと見つめていたことなど、知るよしもなかった。

第一章　辺境への輿入れ

　翌日、レイニーはいつも通り早朝から台所にいた。

「レイニー、さっさと芋の皮、剥いていって。時間がないんだから」

「はい。わかりました」

　レイニーは短く答えると洗い場にある芋の山の前に行き、泥だらけの芋を洗い、一つずつ剥いていく。この後調理、配膳とあって、彼女が食事にありつけるのは多分昼前になるだろう。

　侯爵の養子が集まる離れの家には、五十人ほどの人間が住んでいる。そして家の中では階級ごとに立場が分かれていた。レイニーは出身こそ貴族階級であるものの、侯爵の役に立つ存在ではない。自然と平民達と共に下働きをさせられるようになり、上位者の養子達に使役される日々だ。

「まったく、アメフラシはいつも仕事が遅いね」

　芋を必死に剥いていると、後ろを通りかかった使用人の女から嫌味を言われる。

「貴族の生まれのくせに、なんの役にも立てなくて、侯爵から見捨てられた娘だからね……」

「うちら平民達の方が、よほど役に立っているくらいだよ。ほら、さっさと芋を剥き終わったら、次は今日使うグラスを磨くんだよ」

「はい」

下働きの中でも古くからいる者達の権力は強い。若く後ろ楯(うしろだて)がないレイニーは貴族出身だというのに権力を持たないことで、余計に下働きの者達からきつく当たられ、毎日、朝日が昇る前から働かされている。そして今日も朝食の時間になると、十人ほどの『侯爵様のお役に立つ』養子達が待っているダイニングルームに給仕のために向かった。

だがその日は様子がいつもと違った。普段離れの家に来ることのない侯爵本邸の侍女長ニーナが、何故(なぜ)かダイニングルームを見張るように仁王立ちしていたのだ。

「今までは『侯爵様のお役に立てないのが申し訳ない』と、レイニー嬢本人の希望で下働きのようなことをされていた、と聞いています」

本来なら貴族令嬢として一緒に食事をとるはずのレイニーがいないことをごまかすために誰かがそう言ったのだろうか。ニーナは室内にいた貴族達と、同じく給仕している人間達をじろりと睨(にら)んだ。

「ですがこのたび、レイニー嬢はウィルヘルム辺境伯当主に嫁ぐことが決まりました。一ヶ月後にはウィルヘルム領へ出立される予定です。準備で忙しくなりますので、今後一切そういった用事はレイニー嬢に頼まないこと。レイニー嬢もお引き受けにならないように」

レイニーまでニーナのその冷たい視線に自然と背筋をピッと伸ばしていた。

「わかりました」

「それからレイニー嬢は朝食をすませた後、お屋敷の執務室に来るように、との侯爵様のご命令です」

続く言葉に、なんだか面倒なことになったとレイニーは思う。いつもとは違う緊張した空気の中、他の養子達は、ニーナに指摘されない程度のマナーにあった声量と内容で、意地悪く会話を始めた。

「レイニーは大変だな。慣れない辺境に嫁に行くなんて心配だよ」

「始終蛮族が襲ってくるのだろう？　捕まったら人には言えないような大変な目に遭うらしいぞ」

「そもそもウィルヘルム自体があまりにも嫁の来手がなくて、あちこちから女を攫ってきたって話だ。『強奪婚』とかいう風習が残っているんだったか？」

「ああ、相手の家に勝手に決闘を申し込んで、勝ったらそこの娘を無理矢理に娶るとか言う奴だろう？まあさすがに野蛮だと、今は廃れた風習らしいが……」

面白い冗談だと思っているのだろうか、普段はレイニーを無視していたくせに、結婚が決まった途端、ニヤニヤと笑いながらわざわざ話しかけてくる養子達に、なんとも言えない気持ちになる。

(こんなところで朝食を食べたって気持ち悪くなるだけ)

「ごちそうさまでした……」

早々に食事を終えて立ち上がる。食後は侯爵の元に行く準備をしないといけないらしい。レイニーはこっそりとため息をついた。

＊＊＊

侯爵邸ではほんの数分だけ侯爵と面会した。その際にレイニーの『雨を降らせる能力』が今使えないことについて、誰にも言わないように念を押された。

（もしかして、辺境伯に私が聖女だって言って縁談を進めたのかしら……）

レイニーの父の跡を継いでアルクス子爵になった叔父は残念ながらあまり領地運営がうまい方ではない。だからカスラーダからの支援がなければレイニーの故郷の人達は、困窮することになる。父の遺した故郷の人々のことを思えば、レイニーは何も言えず、ぎゅっと口を噤むことしかできなかった。

そして出立までの間は、レイニーにとって忙しい日々となった。

仮にも侯爵家から辺境伯爵家に嫁に出すと言うことで、彼女の部屋は本邸に移され、改めて貴族女性としてのふさわしい行いができるよう、詰め込み教育が行われることになったからだ。

「……まったくレイニーは緊張感が足りないわ。ただ貴族録に書いてある家系図、暗記するだけよ？」

今レイニーに最新の社交に関する情報を教えてくれているのは、イブリンだ。彼女は他の養子達と違って、レイニーに嫌味を言ったり意地悪をしてきたりしたことはないので、彼女が教師役と聞いて少しだけホッとした。だが……。

（こんな文字だけ見せられても……一度には覚えきれないわ）

なんの下知識もない状態で見る、ただ家系図に並んでいるだけの名前は単なる記号みたいだ。文字だけを目で追い続けて、すべてを頭に入れるのは正直骨が折れる。けれどその貴族録で、一つだけレイニーにとってとても興味深い名前があった。

（ジークヴァルド・ウィルヘルム……）

それはウィルヘルム伯爵家の当主の名前で、レイニーの夫となる男性の名前だ。年は三十歳、と書いてあり、レイニーよりは十歳年上だとわかった。

誰もが『ウィルヘルム辺境伯』としか言わず、彼の名前を教えてくれなかったから、レイニーは貴族の名前と家系図が載っている貴族録で初めて夫の名前を知ったのだ。

（それと、ジークヴァルド様のお父様は既に亡くなっているけれど、お母様はご存命なのね……）

家系図を辿るとヒルデガルド、という名前が彼の上に書かれている。

（私の義理の母になられる方は、どんな方なのかしら……）

レイニーにとっての母は死に別れてしまった実母だけだ。そして教会から『慈雨の乙女』などとたいそうな名前をつけられたせいで、強欲なカスラーダ侯爵に拾われたのに、この屋敷に来てから一滴の雨すら降らせられないレイニーは、『雨を降らせることができないアメフラシ』として、名義上の家族達からは嘲りの対象だった。

特に意地悪を率先して行うドリスはレイニーの結婚が決まってからは、他の養子達を巻き込み、わざわざ彼女の前でウィルヘルムの悪い噂話ばかりをしている。そしてその内容にショックを受けるレイニーを見て楽しそうに笑うのだ。それをイブリンだけが白けた顔をして見つめている。

（正直、あの家で養子達の間にいるより、居辛いけれど侯爵本邸に移動して良かったくらい）

イブリンは侯爵直々に命じられ、淡々とした態度で「物覚えが悪い」「真剣味が足りない」と言いながらも彼女の持つ知識を教えてくれた。ダンスや礼儀作法については実家でも基本的な教育を受けていたので、実践的に使えるように再教育され、後は輿入れのために用意する衣装の採寸や準備をしている間に、あっという間に侯爵邸を発つ日が来た。

出立当日。レイニーは侍女長ニーナによって準備された荷物と共に馬車に乗った。同行者は馬車の御者と、ウィルヘルムに向かう途中にあるカスラーダに戻る予定の年老いた侍女が一人。周りで護衛をするのは、レイニーをウィルヘルムまで送り届ける命令を受けた騎士が二人だけだ。

(十年住んでいても、誰とも温かい関係なんて築けなかった……)

だが逆に考えれば、この場所に未練なんて一つもない。

「侯爵様より、妻として辺境伯爵様にしっかりお仕えするように、と」

出立直前にニーナに声をかけられてレイニーが頷くと、侍女長は会釈をしてその場を御者に譲り、御者はきちんと馬車の扉を閉めた。結局レイニーは誰からも別れの言葉すらもらえず、馬車はゆっくりと走り出した。

(こうして旅に出るのは二度目だわ。最初は病弱だったお母様を追うように、お父様まで流行り病で亡くなってこの家に引き取られた時……)

『慈雨の乙女』であるレイニーが旅立つと知って、アルクスの人達は涙を流して馬車が見えなくなるまで手を振って見送ってくれた。その光景を思い浮かべ切ない気持ちになる。

馬車が動き出してほどなく、年老いた侍女ケリーがうつらうつらと居眠りをするのを横目で見ながら、レイニーは自然と自分が幼い頃に旅立ったアルクスでの日々を思い出していた。

レイニーは今から二十年前に、アルクス子爵家に誕生した。アルクスは南部の穀倉地帯にある小さな領地だ。若き領主であった父と病弱な母は、一人娘であったレイニーを大変に可愛がっていた。

「レイニーは特別な子だからね……」

レイニーは髪の毛の色こそ平凡な茶色であったが、彼女の瞳の色は希少な紫色をしており、アルクスに時折生まれると言われている聖女の血筋を感じさせる少女だった。だから母はそんなことを言っていたのだろう。そしてその特別な能力が発現したのは、彼女が四歳になった夏のある日のことだ。

その日、レイニーが昼ごはんだと父を呼びに屋敷の当主の執務室に向かうと、父はいつも座っている執務机の前ではなく、ソファーに座り浮かない顔をしていた。

「お父さま、どうしたの？　どこか痛いの？」

すると父は気弱な笑みを浮かべて、そっとレイニーの頭を撫でる。

「雨がなかなか降らなくてね……二年続きの不作の後の日照りにみんな困っているんだ。どうしたものかな、と思ってね」

父は幼い娘に言ったところでどうにかなる問題ではないとわかっていただろう。それでも彼は自身が今不安に思っていることを、ごまかさず娘に話してくれた。

「だったら、雨がふるように神さまにおねがいするよ。レイニーがおいのり、してあげる」

そう突如言い出したレイニーは父の手を引いて立ち上がり、その手を引いて駆けだした。

「一体どうしたんだ？」

「レイニーどうしたの？」

驚く父を引っ張って外に走り出すと、伏せがちだった母までガウンを羽織って廊下に出てくる。驚いた顔の両親の手を左右に握り、レイニーは楽しげに笑うと屋敷の外に飛び出した。

「みんな、お外にあつまれ〜」

レイニーの声が響き渡ると、近くの畑で仕事をしていた人や、教会の神父まで集まってきた。

「今から、レイニーが雨をふらせるね」

そう言葉にした瞬間、小さな体にぶわっと熱が集まった。乾き切った土から雨の匂いが立ち上ってくる。レイニーは体の中から溢(あふ)れてくる何かを放出するように、手を大きく開いて空に向けた。

「神さまぁ！　みんな雨がふらなくてこまっているんだって。おねがい、雨をふらせて」

集まった大人達は、可愛い令嬢が何を言い始めたのかと、呆然(ぼうぜん)としている。

天に掲げられた、幼い子の両手がゆらゆらと風に揺れた。

「――雨の風が、くるよ！」

レイニーの声と共に、突風がぶわりと彼女を中心に巻き起こり、それは一斉に空に向かっていく。

「な、何が起こっているんだ？」

状況を確認しようと近づいて来た神父が、巻き起こる風に逆らうように帽子をぎゅっと手で押さえレイニーを見た。彼女を中心に発生した風は、あたり一帯に広がり強風となって吹き荒れる。その風の渦の中心で幼子は両足を地面につけて、成長する穀物のようにしっかりと立っていた。レイニーの母が青い目を目一杯見開いている。瞬間、彼女の綺麗な金色の髪がふわっと持ち上がった。

「レイニー、いったい……」

これはなんだ、というように父が呆然とした声を上げる。次の瞬間、太陽の光が陰り、西の空にモクモクとした黒い雲が湧き上がってくる。

「……雨、ふるよ！」

弾むようなレイニーの声が響く。次の瞬間、レイニーの声に応えるかのように、ぽつり、と何か冷たいものが、空を見上げていた人々の頬に触れた。

「……雨だ」

誰かがそう呟いた途端、それは一気に空から落ちてきた。大粒の雨粒が、乾ききった土を黒く染めていく。あたりに雨の匂いが立ちこめて、空からの恵みをごくごくと飲み干すようだ。

（あぁ、みんな嬉しそう。土も、作物も、木もみんなみんな、嬉しそう！）

レイニーの幼い心にその純粋な喜びが染みこんでくる。

「レイニー……お前が雨を呼んだのか？」

呆然としつつも父が彼女を抱き上げる。父の腕に抱かれて、雨の匂いと、喜ぶみんなから溢れてくる幸せな匂いが交わり合うのを感じて、レイニーはすごく自分を誇らしく思ったのだった。

＊＊＊

王都から出発して数日、ようやくたどり着いたのはカスラーダ領の侯爵邸だ。到着した夜には侯爵夫人と既に成人している跡継ぎの侯爵令息と、形式的に晩餐を共にしたものの碌な会話もなかった。豪華だが気詰まりな食事を終えると、レイニーはいったん用意されたゲストルームに戻る。

（明日になれば、ウィルヘルムに入るんだ……）

そう思うと、夜が更けてもなんだか緊張していて眠れない。レイニーは部屋の隅で居眠りしているケリーを横目に部屋から抜け出すと、どこか庭に出る場所はないかと廊下を歩いていく。

「あ……あの山」

窓から月明かりが差し込む。満月のおかげで、薄ぼんやりと聳え立つ山々が見えた。

「あの山の向こうに、ウィルヘルムがあるんだ」

明日は山と山の間を抜けるウィルヘルムに向かう唯一の公道を通る予定だ。どんな景色が見られるのか少しワクワクしている。

（そして山を越えたら、私がこれから住むウィルヘルムが見えて来るはず……）

山一つで、向こうとこちら側では景色が全然違うらしい。こちらはまだようやく秋らしくなったところだが、山の向こうは既に秋真っ盛りだと聞いた。

（なんだか……不思議）

　平地が多く豊かな土地を持つカスラーダと、山に囲まれた厳しい土地を持つウィルヘルム。嫁ぎ先は恐ろしいところだとレイニーはさんざん脅されてきた。けれど新しい場所で今度こそ愛情を繋げるような人に会えるのではないかという予感めいた期待を捨てきれない。

　山の景色をぼうっと見ていると、ふと廊下の向こうから女性の声が聞こえた。

「……そう、あの娘も可哀想にね」

　冷たく響くのは、先ほどまで食事を共に取っていた侯爵夫人の声だ。咄嗟に物陰に姿を潜ませる。なんとなく、『あの娘』が自分のことだとわかってしまったからだ。姿を隠したレイニーに気づくことなく、彼女は誰かと話を続けている。

「どうせあの人の目的はウィルヘルムで発見された……ウィルライトといったかしら、例の新しい宝石でしょう。そのためにあの娘をできる限り高く売ったのね。『慈雨の乙女』だと言って」

　夫人の言葉にレイニーは目を見開く。教会の資料などを調べれば、レイニーがここ何年も雨を降らせていないことはわかるはずだと自分を納得させていた。だが余計なことを言わないようにと侯爵に念押しされたくらいだ。辺境伯は普段王都にはいないし、うまいこと言いくるめられたのかもしれない。できるだけ考えないようにしていた現実を突きつけられたようで、嫌な手触りのものが胸を撫でたような気がした。

「ええ。そうかもしれませんね」

答えているのは侯爵令息のようだ。息子の応えに夫人は淡々と言葉を続けた。

「でも教会が認定した『慈雨の乙女』なのは確かだし。能力が消えたと証明できたわけでもないでしょう。まあどちらにしても……すべては無事にあの山を越えられてからの話ね」

侯爵夫人は先ほどレイニーが見ていた山を窓から見上げると肩を竦めた。窓越しの月明かりに浮かんだのは恐ろしいほど酷薄な笑みだ。彼女からは深い闇の匂いがする。ふとこれが聞いてはいけない会話なのではないかと改めて気づき、レイニーはさらに息を潜めた。

「……なるほど。ではまずは十分な注意を払って送り出す必要がありそうですね」

令息の返答に、立ち止まっていた貴婦人は再びゆっくりと歩き始める。

「そうね。明日の出立は早いわ。そろそろ私達は寝ることにしましょう。一応カスラーダから嫁がせるのですから、見送りしないわけにはいかないでしょう?」

母の言葉に侯爵令息は頷き、その場を立ち去った。侯爵夫人はもう一度足を止めて、山を見上げる。

「……万が一にも、花嫁がたどりつかない、なんてことがないように十分に留意、しなければね」

＊＊＊

夜中の意味深な会話を聞いてしまった後、良く眠れなかったレイニーは日が昇ると共に侯爵夫人に送り出され、再び馬車の中にいた。ケリーは最後の奉公としてウィルヘルムまで同行し、その後カスラーダに戻る予定らしく、相変わらずマイペースにレイニーの世話を焼いたり焼かなかったりしている。山越えのため騎士は五人に増え、たった一台の馬車を守るには十分な数に思えた。

「このところ、ウィルヘルム側に盗賊が出没しているの。ウィルヘルムでは貧しさのあまり領民から盗賊になっているものが増えているようね……」

侯爵夫人は護衛を増やした理由をそのようにレイニーに告げた。昨日の話を聞いていたレイニーはそういった彼女の計らいが、山越えがうまくいかないような予感と結びつき、不安な気持ちになった。だが今さらウィルヘルムに行きたくないなどと言えるわけもなく、ただ無事の到着を祈るしかない。

「ねえ、ウィルヘルムの治安は最近悪くなっているのかしら」

馬車に乗ると年老いた侍女に尋ねるが、彼女はその問いに不思議そうな顔をした。

「さあ……。ですが新しいウィルヘルムの領主は若いけれどやり手だと聞いたことがあります。なので、あまり心配なさらずともよろしいのではないでしょうか……」

ケリーは目元にしわを寄せて笑顔を作ってくれたから、なんだかすごくホッとした。それと同時にこのうたた寝ばかりの侍女が、レイニーの夫となる男性の人柄を知っている可能性に改めて気づいた。

「新しい領主の方は、どんな人なんですか？　恐ろしい人だという噂ばかり聞いたのですが」

レイニーの言葉に侍女は首を小さく傾げた。

「まあ、あの大変な領地を治めているから、恐ろしい人だと噂があってもおかしくないと思いますよ。

でも……ウィルヘルムに嫁いだ親族からは悪い噂は聞きませんね。領民からも評判はいいようです」

穏やかなケリーの言葉にレイニーは頷く。

(確かに優しいだけでは治められない領地なんだろうな)

それでも、領民から悪い話を聞かないというのは、とても良い情報だとレイニーは思った。個人的には、自分の夫となる人は、領地の外の権力者や貴族達から好かれているより、自分の領民から信頼されている人物である方がずっといい。

「そろそろ……ウィルヘルムの領地に入りますよ」

馬車の御者からそう声がかかる。その言葉にレイニーはカーテンを開けてもらって窓の外の景色に目をやった。今通っているのはカスラーダとウィルヘルム唯一の道だというが、道幅は狭く険しい。木々はうっそうとしており、公道から外れればすぐに道に迷いそうだ。

(ウィルヘルムと王都を繋ぐ道が、こんな寂しいなんて……)

王都からカスラーダまでは、道幅も広く時折行き交う馬車もあり、人が通っていない時でも寂しさは感じなかったが、馬車一台がようよう通れるような森の中の細い道を抜けていくのは酷く頼りない。

(でも五人も護衛の騎士を付けてくれたし……)

朝早く出たおかげで、まだ日は高い。元々の話では夕方ごろにはウィルヘルムの領主の屋敷に到着するという話だったはずだ。

「少し休憩しましょう。このあたりが昼食を取るのに良いみたいです」

騎士と何やら話をしたらしい御者がケリーとレイニーに声をかけて、馬の歩調を緩めた。じきに馬車が止まると、騎士が馬車の扉をノックして顔を出す。

「休憩の間に、一人騎士を先行させてウィルヘルムに先ぶれを出します。それと他の騎士達を斥候に出して、この周辺の安全確保に行かせます。確認が取れるまでは馬車の中でお休みください」

「わかりました。気をつけて」

そう声をかけ、レイニーは背筋を伸ばす。ようやく揺れの止まった馬車の座席でホッと息をついた。

「夕刻にはウィルヘルムのお屋敷に着くと思います。夜はゆっくり休めそうで良かったですね」

レイニーを慰めるように言いながらも、その実一番ホッとしているのが高齢のケリーかもしれない。

「そうですね、後はこの山道を下るだけ、みたいだから」

そう言いながらも、じわりと寒さが上がってきて体をぶるりと震わせる。山道を登ってきたからか、昼なのに気温がぐっと下がっているみたいだ。外は寒いだろうか、とショールを首に巻きなおし、寒くてもそろそろ一度外に出て体を伸ばしたいと思ったその時。

「わあぁぁぁぁ、盗賊だ！」

外から悲鳴のような声が聞こえてびくりと身を震わせる。今まで眠っていたようにのんびりとしていたケリーが慌ててカーテンを閉めた。中から馬車の扉全部に鍵をかけて、レイニーの前に立ちはだかるようにするが、その体はブルブルと震えている。

「だ、大丈夫ですから。騎士もおりますし」

レイニーを安心させるようにそう言うものの、恐怖で顔が引きつり真っ青になっている。レイニーはごくりと唾を飲んで、外の音をなんとか聞き取ろうとする。今ちょうど護衛達があちこちに散らばっているタイミングだったのではないか。

（すごく、嫌な予感がする）

彼女の良く利く鼻がとらえているのは、不穏で危険な匂い。微かに鉄分を含んだような匂いがするのは、誰かが怪我をしているからだろうか。次の瞬間、御者が馬車から引きずり降ろされたらしい。ひぃっと言うような悲鳴が聞こえた。

（みんな、どうなってしまうの？）

レイニーは不安と恐怖にバクバクと鳴る心臓を必死に手で押さえながら、何故か昨日の夜の、侯爵夫人の冷たい表情を思い出していた。

（まさか……何か夫人が知っているわけじゃないよね）

猜疑心が膨れ上がる。だが外で争っている音はすぐにやんで、あたりはすっかり静寂に包まれた。どうなっているのだろう。馬車の中で不安に思っていると、ガシャンと直接馬車に何かをぶつけるような激しい音がした。

「あぁ、ダメ……それが壊れたら」

扉がこじ開けられようとしているのを止めたいのか、ケリーはふらふらと扉の方に近づいていこうとする。咄嗟にレイニーはケリーの手を取り、そのまま後ろの座席に押しつけた。

「扉に近づいたら、怪我をするわ」

じっと目を見て言い聞かせると、ガタガタと震えながらもケリーは頷く。だが次の瞬間、ガンと一際大きな音がして振り向くと、扉の向こうから斧が貫通して刺さっていた。バリバリと扉の木部が割られ、こじ開けられた扉から外の明るい日差しが差し込む。

「若い女が乗っているのか。そりゃ〜良かった」

にんまりと笑うのは汚れた布をぐるぐると顔に巻いた男だ。目だけがぎらぎらしている。盗賊だ。レイニーは言葉を失ったまま後じさりしようとする。だが次の瞬間、男に腕を握られてあまりの強さに悲鳴を上げた。

「女がいたぞ。若くて綺麗な貴族の女だ！　いい売り物になりそうだ！」

楽しげに言う男に腕を掴まれ外に引き摺り出されて、そのまま小麦の袋のように、肩に担ぎ上げられる。周りを囲っていたのは十人ほどの盗賊らしき男だ。

「離して！」

叫びながら足をばたつかせるが、空中で蹴っているだけの状態で、なんの反撃にもならない。

(最悪、死んでしまうのならお父様とお母様に会えるし、それでもいいと思っていた……)

けれどこの世界にはそれ以上に残酷なことがあるのかもしれない。そう考えた途端全身から恐怖が込み上げてくる。

「やめてっ！」

唯一手が届く男の背中を必死で叩くと、イラッとしたのか地面に叩き落とされた。土埃が舞い上がり、痛みに息を飲んだせいで、口の中まで土でジャリジャリとしている。

「うるせぇな。黙ってないと手足を切り落とすぞ。娼婦宿に落とすなら、別に手足なんてなくても困んねえんだよ。女のアレさえあればな」

地面に叩き落とされたレイニーがハッとして顔を上げると、男達数人がニヤニヤと笑いながら覗き込んでいる。レイニーは捲れたスカートをなんとかおろして、必死に身を起こして男達を睨めつけた。

男はそれが面白かったのかしゃがみ込んで、そのままレイニーの肩に手をやり、地面に押しつけた。

「お前等、貴族の女なんて、抱いたことないだろう？　売り払う前に、一度味見でもしておくか？」

「いやああああっ」

酒臭い男の顔が近づいて、背筋に怖じ気が走る。耐えきれず口から悲鳴が上がっていた。だが男達は余計に興奮したように、各々雄叫びを上げる。

「お前、俺達の前でちゃんと勃つのか？」

「やるならきっちり最後までしろよな。次は俺がやるぞ！」

今まで想像もしたことのない状況に追い込まれ、レイニーは恐怖に体が動かなくなる。暴れて逃げなければと思うのに、現実の世界から乖離してしまったように、呆然としてしまう。

（こんなことになるくらいなら、いっそ死なせて欲しい……）

力なく心の中で神か、誰だかもわからずに懇願した、その時……。

馬の嘶(いなな)きと共に、ヒュンヒュンと何かが風を切る音がして、レイニーを捕らえていた男が固まったように動きを止めた。

「えっ?」

呆然と自分の背中に触れた男が、そのまま彼女の方に倒れ込んでくる。レイニーは恐怖で目を見開きながらも、男の背中に二本の矢が深々と刺さっていることに気づいた。目の前の状況に悲鳴を上げることすらできずに、地面に伏せる男の下敷きにならないように必死で身を引いた。

(助けが……来たの?)

騎士達が戻ってきたのだろうか。そう思って慌ててあたりを見渡すと、馬車の周りにいた男達を包囲するように、さらに馬に乗った二十人ほどの集団が彼らを囲んでいた。

「ヤバイ。なんで……銀狼が」

「城にいるんじゃなかったのか?」

誰かがそう呟いた次の瞬間、弓を持った男が一騎駆けで山をおりてきていた。熊のように大きな姿を見た盗賊達は怯(おび)えたように後ずさり、そのまま盗(と)ったものも放り出して全力で逃げだしていく。

「……無事か?」

男は息も上げずに馬を飛び降りると、逃げる盗賊を無視してレイニーの前に来て手を差し伸べた。

レイニーは紫色の瞳をゆっくりと見開く。目の前にいたのは銀色の髪に緑色の目、整った容姿と、立派な体格をした美丈夫だった。

「……貴方、は？」

なんだか見覚えがあるような気がすると思いながら、その伸ばしてくれた手に、そっと自らの手を重ねる。ゆっくりと身を起こして立ち上がった。

「俺はジークヴァルド・ウィルヘルム」

低くて良く通る声だ。彼の言葉にレイニーはドクンと心臓が跳ね上がったような気がした。

（あぁ、この人がジークヴァルド様。……私の夫となる人）

誰が彼のことを恐ろしいと言ったのだろう。こんなにも温かくて優しい目をしているのに。もしかして妻となる女性をわざわざ迎えに来てくれたのだろうか。レイニーは心から彼女を案じているような彼の瞳を見て取って、ホッとした途端、全身から力が抜け落ちる。

「レイニー！」

膝から崩れ落ちそうになったレイニーを、慌ててジークヴァルドは抱き上げる。

（まるで、大きな木の幹みたい）

逞しい腕に抱きかかえられて、レイニーは安堵のあまり、意識を落としたのだった。

第二章　ウィルヘルム城にて

どこからかパチパチと薪（まき）が爆（は）ぜる音がした。

（レイニー、もう寒くないだろう？　そろそろ目を覚ましておくれ）

ふと頭の中で、懐かしい父の声が聞こえた気がして、レイニーはハッと目を見開き、飛び起きる。

「お父様！」

「……目が、覚めたか……」

深くて心地良い響きの声。じっと覗（のぞ）いていたはずの緑の目は、レイニーが目を開いた途端、距離を取るように遠ざかった。目の前にいたのが父ではないことに落胆しつつも、父を思い出させる温かい匂いがして、ほんの少しホッとする。

「あの……ここは？」

ぼうっとしたまま尋ねると、緑の目をした彼は椅子に座った状態で一瞬だけレイニーの顔を見た。

「ここはウィルヘルム城だ」

素っ気なく言われた言葉に、ようやく自分の状況を思い出したレイニーは、慌てて体を起こそうとする。

「伯爵様、すみません。私っ」

目の前にいたのは、先ほどレイニーを救ってくれたウィルヘルム辺境伯だ。慌てて身を起こそうとして、体中がズキンと痛くて思わず体の動きが止まった。

「俺が最初から、領地境まで迎えに行くべきだった」

彼は申し訳ないというように精悍(せいかん)な形の眉を下げる。誰が彼を恐ろしい辺境の領主だと言ったのだろう。少なくとも彼は出会ってからレイニーを怖がらせるようなことは何一つしてきていない。それどころか、命を救ってくれたのだ。

「いえ……私こそ大事な時に気を失ったりして……すみません」

慌てて謝ると、首を横に振った彼は立ち上がり、そのまま扉に向かうと侍女を呼び込む。

「貴女(あなた)についていた老齢の侍女はかなり気が動転していたので休ませている。それで今夜から貴女の担当となる侍女を用意した」

ジークヴァルドの言葉に、入ってきたのはレイニーと同じ年頃の、赤毛に鼻の上にそばかすが散っている明るい表情の侍女だ。彼女はにっこりと愛想良く微笑(ほほえ)んだ。

「ヤスミンと申します。辺境伯夫人となられるレイニー様にお仕えできてとても嬉しいです」

ベッドに横になっているレイニーに、最上級の礼法にかなう完璧なカーテシーをしてくれて、教育が行き届いていることがそれだけで良くわかった。素直で明朗な感じで印象がいい。レイニーも痛みを堪えつつも身を起こす。

「あの、素敵な方を侍女に付けてくださってありがとうございます」

後は任せたとばかりに静かに部屋を出ていこうとしていたジークヴァルドの背中に声をかけると、彼はピクリと肩を跳ね上げさせて、一瞬こちらを向いて表情を緩めた。

「彼女はウィルヘルム家門の男爵令嬢で、信頼できる侍女だ。……あぁ、食事ができそうならば用意させる。部屋で食べるか、ダイニングで食べるか選んだらいい」

言い方はぶっきらぼうだが、十分な配慮のある言葉にレイニーは自然と笑みが出た。

「ありがとうございます。ダイニングだったらご一緒できますか。後でお会いできたら嬉しいです」

その言葉に驚いたようにジークヴァルドは少しだけ目を見開いてから頷いた。そして照れた少年のような笑みを一瞬浮かべると、静かに部屋を出ていった。


「お湯加減はいかがですか?」

明るくて元気なヤスミンに勧められて、先に湯浴(ゆあ)みをさせてもらうことにする。地面に叩きつけられた服は着替え、手足も拭ってもらっていたものの、なんとなく埃(ほこり)っぽいような気がすると話したら、すぐにお風呂に入れるように手配してくれたのだ。

「ここの……お風呂はとても大きいのね」

「はい、ここは温泉が出ますので。冬は寒くなりますし、ゆっくりとお湯に浸(つ)かって、温まっていただけるようになっているんです」

石造りの浴室は泳げるほど広い浴槽と、白い大理石の床、同じく石で作ったベッドまであって贅沢極まりない。しかも床にもベッドの下にも地熱で温められたお湯が流れているらしく、とても暖かいのだ。

「はぁ〜。気持ちいい」

お湯の中で体を伸ばすと、気持ちよさに思わず息が漏れた。あれだけ脅されて恐怖を味わった後なのに、今のこの状況が嘘みたいだ。

(私に付いてきた騎士とか御者さんとかは、どうしているんだろう)

気にはなってはいるが、そのあたりは後でジークヴァルドに聞く方がいいだろう。

「……ここはいいところね」

お風呂の印象と、侍女ヤスミンとジークヴァルドの第一印象だけだけど。そう考えつつ言うと、ヤスミンはにっこりと笑った。

「そう思ってくださったら嬉しいです。冬は寒いし、何もないところですけど、私はウィルヘルムが大好きなんです」

微笑みながらも浴槽の縁に頭を置いているレイニーのおろした髪を、ヤスミンは丁寧に洗ってくれている。マッサージしてくれる指がとても気持ちよくてすっかり体が緩んでしまっていた。

「私、こんなに親切にしてもらっていいのかしら……そんな価値なんてないのに」

能力すら発揮できない『聖女』なのに。思わず独り言のように言葉が出ると、ヤスミンは笑い声を漏らした。

「何を仰っているんですか。ジークヴァルド様は……ずっとレイニー様が来るのを楽しみにしていたみたいですよ」

まるで若い女性が恋の話をするみたいに、楽しげな様子でくすくすと笑う。

「楽しみだなんて、どうして……」

彼女の言葉にドキンと心臓が高鳴った。危険なところを救ってもらったせいか、反射的に彼のことを思うとドキドキしてしまう。単なる政略的な意図があって結ばれた縁だとはわかっている。それでも結婚して家族になるのだ。もし彼が、自分が来るのを少しでも楽しみにしていてくれたのなら、本当に涙が出るくらい嬉しい。

「え。髭を？」

「はい。だって結婚が決まった途端、ジークヴァルド様は王都にいる間に綺麗に髭を剃られたんです。ずっと面倒だからもじゃもじゃと生やしっぱなしにしていて、王都に行く時だって剃らなかったのに」

「ええ、前はまるっきり熊みたいだったんです」

そう言われた途端、レイニーはハッと思い出す。

（どこかで見た顔だと思ったら……）

「もしかして伯爵様は、一ヶ月ぐらい前に王都に来ていらした、とか……」

尋ねると、ヤスミンはまたにっこり笑った。

「はい、カスラーダ侯爵様のところに訪問して、今回の縁談を決めてきたようです。縁談が決まった途端、髭を剃られたので、よほど奥様になる女性を気に入られたのだと、みんなで噂していたんですよ。どうやら侯爵のお屋敷で、レイニー様とすれ違ったようですけど……」

「じゃあ、やっぱり……」

カスラーダ侯爵の庭で出会った騎士がジークヴァルドだったのだ。気づけなかった自分が情けないやら、一方で運命的な気がしてドキドキするやら、なんだか心臓が落ち着かない。

「やっぱりお二人は先にお会いになっていたんですね、……レイニー様も、うちのご主人様のことを気に入ってくださいました？」

そう尋ねられて、一瞬ぐっと息がつまり、かぁっと頬が熱くなる。

「……良かったです。ジークヴァルド様の一方的な片思いじゃなかったみたいで」

レイニーの様子を見てにっこりと笑ったヤスミンは、ちょっと恋愛話が好き過ぎるかもしれない。

（そんな……ジークヴァルド様の片思いって……きっとヤスミンの思い込みよね）

でもレイニーが『慈雨の乙女』だからとかの条件ではなくて、彼女自身を少しでも気に入ったから縁談を了承してくれたのならいいのに。ついそう思ってしまう。

「どのような出会いだったのですか？」

嬉しそうに尋ねられて、困ってしまった。恋愛話が好きな若い侍女は多い。けれども彼女の声も話し方も、あまり嫌な感じはしないどころか、なんだか女の子の友達ができたような親しみがあって嬉しくなってしまう。何よりこんな楽しげな様子でレイニーに話しかけてくれる人は、もう十年近くいなかったのだから。

「特に何かがあったってわけじゃないの。でもウィルヘルムについた途端……ヤスミンみたいにいい人を私に付けてくれてホッとしたわ」

話を逸らすようにそう言ってみると、彼女は耳まで真っ赤になって照れてしまった。その様子が可愛くて、なんだか自然と笑ってしまう。まだ出会ってからほんの少ししか経っていないのに、既にレイニーはヤスミンのことを好きになっていた。

「わ、私もレイニー様が伯爵夫人になって、ジークヴァルド様を支えてくださったら、本当に嬉しいです」

そんなこんなで、レイニー以上に照れているヤスミンのおかげでなんとか平常心を取り戻し、気持ちの良い湯浴みを終えたのだった。


入浴後、だいぶ体調も気力も回復したところで、レイニーはダイニングで夫となる人と共に夕食を取ることを希望した。ダイニングには大きな窓があり、夜なので今はカーテンが引かれているが、昼間なら明るい日差しが差し込んできそうだ。

ジークヴァルドは礼法通り入り口でエスコートの手を取ると、席に案内してくれる。

「体調は?」

あまり表情が動く人ではないらしい。婚約者を迎えたとは思えない素っ気ない言葉と態度で席に座らせてくれる。けれど何を考えているのだろうかと気持ちを知りたくて視線を合わせると、緑色の瞳は無愛想な態度に反して十分に優しくて、安堵したレイニーは穏やかに微笑み返した。

「ありがとうございます。お陰様でゆっくり休ませてもらいましたのですっかり良くなりました」

彼女の言葉に彼は小さく頷く。改めて見ると彼は整った容姿をしていた。鼻筋の通った精悍な顔立ちに口は少し大きめだが、意志が強そうに引き結ばれている。髪はかなり短く整えられていて、伯爵家当主というよりは鍛え上げられた騎士のように見えた。

(でも……やっぱりそうだ。侯爵邸の庭であった騎士が、この人だったんだ……)

厳つい印象のある容貌だが、一点深緑のような緑色の目は穏やかで、その目を見れば、あの日出会った彼と印象が一緒だった。

(あんなに髭ぼうぼうだったのに。……私のために剃ってくれたって、本当かしら)

先ほどのヤスミンの話を思い出し、胸の奥がなんだかじんわりと温かくなる。だがそんなふわふわした心境の彼女の状況に気づいていないのか、彼は生真面目な表情を浮かべたまま、改めて何かを伝えようとしているらしく彼女の顔をまっすぐ見つめる。

雰囲気が変わったのを見て、レイニーも背筋を伸ばして彼の顔を見上げた。

「先に話しておく。……貴女の同行者についてだ」

気になっていると思ったのだろう。緊張しているレイニーに対して、彼は淡々と報告をした。

「侍女はショックで寝込んでいるが無事だ。御者は腰を抜かしていて逆らわなかったのが幸いして、馬車から落ちた時の怪我だけですんだ。斥候に出ていた騎士と、城に先触れに来た騎士は盗賊とは接触せず無事。城に先触れに来ていた騎士は途中で我々に遭遇したので、そのままレイニーを迎えに行ったらあの状況だったのだ。……ちなみに馬車を守っていた二人の騎士も負傷しているが深刻な状況ではない。盗賊は数名捕らえて現在尋問中だ」

同行者に大きな怪我などがなかったと聞いて、レイニーは心からホッとする。

「ありがとうございます。伯爵様が来てくださったおかげです。ちょうど領地の境に向かわれていたんですね」

彼女の言葉にジークヴァルドは薄く笑った。その笑みが先ほどまでの温かい表情とは違う、厳しい為政者らしい表情のように見えて、少し驚いたレイニーは奥歯を噛みしめて、彼の様子を窺う。

「そもそも……本来であればカスラーダ側からこちらの領地境を越える前に、一報を送ってくるのが筋。だが、どうやら大事な連絡を忘れたようだな。俺達は最近カスラーダ側からこちらに入り込んでくる盗賊の動きを警戒していて、先触れのための騎士と運良く遭遇したんだ」

その言葉に偶然が重ならなかったら、どうなっていたのだろうか、とレイニーはゾッとする。それから、ふと気づいた。

「あの盗賊は……カスラーダの人間なのですか？」

侯爵夫人の話ではウィルヘルムの人間が盗賊になったと言っていたのに、なんだか話がおかしい。

「……ウィルヘルムの領民が盗賊になっているとでも？」

彼の言葉に、レイニーは咄嗟に首を左右に振る。彼は話すべきことを言い終えた、というように表情を緩めた。

「……食事前の話にしては重くなってしまったな……」

彼は気まずそうに指先で顎を小さく掻いた。

「遅くなったが食べてくれ。贅沢なものはないが、料理人が心を込めて作った食事だ」

会話に合わせていたのだろう、ようやくといった様子で出来立ての温かい食事が運ばれてきた。ジークヴァルドが言ったように、素材を生かした料理は素朴だがとても美味しそうだ。しかもレイニーの好みがわからなかったのか、いろいろと用意されており、けしてウィルヘルムが聞いていた話ほど貧しいわけではないと気づかされた。

「……地元の野菜と山で狩った猪を使ったスープだ」

目の前にたっぷりとよそわれた、具沢山の煮込みスープを飲んでみようと匙を取った。

「――っ。美味しい……」

一匙掬って口に運ぶと、舌の上にのったスープの味に目を見開く。素朴な味わいだが、どの野菜も味が濃い。肉は猪と言っただろうか。臭みのない肉の脂がスープに溶け込んでいて、肉も野菜も互いの美味しさを引き出している。何よりこの地で取れた食べ物を大切に調理したのだろう。素材のうまみを生かすために、様々な工夫と手間をかけて作られたそれは、今まで食べてきたスープの中で一番美味しいと素直に思えた。

「本当に美味しいです。こちらの料理人の方は、野菜も肉も大切に調理していらっしゃるんですね」

レイニー自身も普段食事作りの手伝いをしていたから良くわかる。美味しいスープを作るには素材も大事だし、それを煮込むのにも小まめに灰汁を取ったり、火加減を調整したりと、とても手間がかかるのだ。一口飲んだだけで、このスープが本当に大切に調理されたことが良くわかった。

「……なら良かった」

言い方はぶっきらぼうで言葉は少ないが、少しだけ彼の唇の端が上がった。お腹に温かいスープが入ってくると、食欲が一気に目覚めてくる。昨日の夜はカスラーダで豪華な素材を使った料理が出されたが、今日の食事は心をホッと安らかにしてくれる力がある。彼はレイニーが食事を楽しんでいるのを見て、まだほかほかと湯気が上がっているパンを、レイニーに切り分けてくれた。

「嫌いでなければ、山羊のチーズもある」

次々と食べ物を勧められて、無骨だが一生懸命に歓待しようとしてくれているのかも知れないと思うと、じわんと胸が温かくなった。ぽつりぽつりとした途切れがちな拙い会話ではあったが、気づくとレイニーは彼との時間を自然に楽しみ始めていた。

（さんざん怖い人だって聞かされていたけれど……全然違う。穏やかな人で本当に良かった……）

二人の食事はデザートまで進み、温かいプディングが出され、お茶が淹れられる。そう言えば今日は酒が最初から饗されていなかったことに今更気づいた。

（私、あまりお酒は得意じゃないから気づかなかったのだけど。ジークヴァルド様はそれで良かったのかな……）

ふと顔を上げると、彼は複雑そうな表情を浮かべていた。

「貴女は……こんな辺境に嫁いで本当に良かったのか？」

ぽつりと尋ねられて、レイニーは少し驚く。養子といえども娘は父の言った嫁ぎ先に嫁ぐのが常識だ。だからそんなことを聞かれると思っていなくて言葉につまった。

「ここは冬が長くて厳しい。華やかなドレスを売る店もなく、食べ物も見ての通りなんの飾り気もない。若い女性には楽しいとは言いがたい土地柄だ」

彼の言葉にレイニーは表情を和らげる。

「伯爵様も、名ばかりの侯爵の養女で、何もできない私が嫁いできて、本当に良かったのですか？」

もしかしたら、雨を降らせる能力を求めているのかも知れない、本当はそれが確認したかったけれど、そこまではっきり言うのが怖くて曖昧にして尋ねる。すると彼はポケットから一枚のハンカチを差し出した。

それは淡い紫色の、レースも何もない綿でできたハンカチだ。だがそこにはレイニー自身が刺した名前が刺繍（ししゅう）されている。

「……やっぱり、あの時お会いしたのが伯爵様、だったんですね」

ハッとして顔を上げると、緑の目が柔らかく細められた。

「ああ。あの後、カスラーダ侯爵から養女の一人と正式に縁談を進めたいとの話があった。相手が『レイニー嬢』だと聞いて、俺はその話を了承した」

彼は刺繍で刺されているレイニーの名をそっと指でなぞる。その指先に優しく頭を撫でられたような気持ちになった。ドキンと心臓が高鳴る。

つまり彼はレイニーを知った上で、縁談を受け入れたということだろう。その言葉にじわっと頬が熱くなっていく。

(もしかして、本当に私のために髭を剃ってくださったのかしら……)

さきほどのヤスミンの言葉を思い出し、期待を込めて尋ねる。

「あの……髭を剃られたんですね」

彼女がそう言うと、彼は決まり悪そうに一瞬目を逸らし、もう一度顎のあたりを指先で掻く。

「ああ、国王陛下に謁見する予定があったから……な」

彼の返答に、自分が勘違いしていたことに気づいて、自意識過剰な自分を恥じて今度は別の意味で顔が熱くなる。慌てて頬を押さえて、なんでもないという顔を繕った。

「そう、だったんですね。国王陛下との謁見……。確かにあれだけ髭を生やしていらっしゃったら、陛下の前では不敬だと言いがかりを付けてくる貴族もいるかもしれませんよね。懸命な判断だったと思います。その……伯爵様のお髭がない顔も、素敵、ですし……」

じっと自分を見ている彼の様子になんだか、ドンドン熱が込み上げて来て、どうしたらいいのかわからなくて言葉ばかりが空回りしてしまう。

「す、すみません。髭がなかったせいで、お会いした時にすぐに、伯爵様、と気づけなくて」

慌てて頭を下げると、彼はそっと手を伸ばし、彼女の肩に軽く触れた。

「えっ……」

顔を上げたら、思った以上に距離が近くて、真っ赤になったまま目を大きく見開く。

「それを、やめて欲しい」

突然言われた言葉の意味がわからずに、目を瞬かせる。

「ジークヴァルド、だ」

「……え？」

至近距離でひたと目を見て言われて、言葉につまる。

「貴女の夫になるんだ。……名前で呼んでくれ」

まるで大事な方針を告げるような真剣な表情で言われ、夫という言葉にドキリとする。レイニーは固まったまま、小さく頷いた。

「……ジークヴァルド、様……？」

もう茹でたこのように、顔だけでなく首筋も胸元まで真っ赤にしながらそう言葉にした瞬間、恥ずかしさの限界に達してしまったように、全身が熱くなって汗が噴き出してきた。

「ああ、それでいい」

だがそんな彼女に気づいていないらしい彼は淡々とそれだけ言うと、レイニーの肩から手を離し、そのまま席を立つ。

「疲れているだろう。今日は早く寝てくれ」

彼はそう言いながら、振り向くことなくダイニングから出ていったのだった。

＊＊＊

ダイニングルームを出たジークヴァルドは顔を覆い、はぁっとため息をついて、足早に廊下を歩き執務室に向かう。

「酒。持ってこい」

そう途中で行き交った侍従に告げると、そのまま執務室に入った。人目がないのを確認してソファーに座り込んで、頭を抱える。

「何だ、あれ、反則だろう……」

彼女の肩に触れた手をじっと見て、もう一度深々と息を吐き出す。

『ジークヴァルド様』

自分の名前を呼ぶと、恥ずかしさに首筋まで真っ赤にして俯（うつむ）いてしまった彼女のことを思い出す。

咄嗟に抱擁しそうになって必死に堪えた、あの瞬間の興奮が蘇（よみがえ）ってきていたたまれなくなる。

（良かった。あんな華奢な人、思うままに抱きしめたら、肋骨の数本を折っていたかもしれない）

ぎゅうっと握りしめた拳のせいで、前腕と二の腕に硬い筋肉が盛り上がる。無意識の自分の行動を恐れるかのように首を左右に振っていると、ノックもなく執務室の扉が開いた。

「ヴァル、酒、持ってきたぞ〜」

そう言って能天気に声をかけてくるのは、従兄弟のランドルフだ。国境を守るウィルヘルム騎士団、通称銀狼騎士団は、領主であるジークヴァルドが団長を務めている。ランドルフはその副団長で、政務などで外すことの多いジークヴァルドに代わって、騎士団を率いる団長代理を務める最側近でもある。そして年も近いためジークヴァルドにとっては気の置けない人物だ。

「ランドルフ……お前が来たのか」

「いろいろ面白そうな話が聞けそうだからね」

金色の髪に青い目、ジークヴァルドの母方の従兄弟は、美貌の母の生き写しと言われる整った容姿を自慢にしている。彼は軽口を叩きながら、グラスに北国ならではのアルコール度数の強い透明な酒を注ぐ。

「珍しいな、お前が酒を一滴も飲まずに食事するなんて。例の『慈雨の乙女』のために、飲まなかったのか？」

ニヤニヤしつつ小さなグラスに入った酒を渡してくるから、それをそのまま一気に飲み干すと、机の上に叩きつける。

「悪かったな。来て早々あんな騒動に巻き込まれたんだ。軽い怪我もしているし、飲まない方がいいだろう？　そもそも彼女はあまり酒を飲まないらしい」

　ぐしゃりと髪を掻くと、グラスを従兄弟につき出す。間髪入れずに酒を注ぎ込むので、今度はそれをゆっくりと一口飲んだ。

「そういや、さっき給仕していた侍女に聞いたけど、お前が髭を剃ったのは、国王陛下との謁見のためなんだってなあ？」

　未だにニマニマと笑い続けているのが非常にムカつく。無意識で髭のなくなった頬に触れて、目の前の男を睨み付けた。

「……今まで国王陛下に、そんな気遣いなんて一度たりともしたことなかったヴァルがなぁ。成長したものだ……」

　確かにかつて一度も、国王のために自分が何かをしたことなんてない。毒にも薬にもならなさそうな国王の顔を思い浮かべる代わりに、彼は彼女と初めて会った時のことを思い出す。

（ウィルヘルムの小さな花……）

　彼女は知らなかったのだろうが、偶然王都のカスラーダ侯爵の庭園に咲いていた瑠璃草は、ウィルヘルムの領民にとって、とても思い入れの深い植物だった。岩場でも健気に花をつける姿は、辺境のこの土地で必死に生きる民の姿そのもののように領民に受け取られている。

（贅沢で驕ったカスラーダを象徴するような華やかな庭園で、どこから種が飛んで来たのか、ひっそりと咲いていたウィルヘルムの瑠璃草。レイニーは膝をついて、土で手が汚れることすら気にしないで、誰かに踏まれないように、あの小さな花を懸命に救い出そうとしていた）

その姿を見た時、国境警備という重責を担わされながら、その一方で軽んじられ疎んじられていたウィルヘルムを、彼女がその手で守ってくれているような、そんな妄想をしてしまった。しかも彼女は彼の汚れた手を拭うように自らのハンカチを差し出したのに、名前すら名乗らない。だから彼女の名が知りたくなったジークヴァルドは、ハンカチに刺繍されていた彼女の名前を自然と確認していた。

その直後にカスラーダ侯爵から持ちかけられた縁談の相手がレイニーだと知らされたのだ。

（勝手に……運命を感じたって悪くはないだろう……）

自分の王都での評判は知っている。貧しく危険な国境地帯を治めている辺境伯。野蛮人のような生活をしている熊のように獰猛で残忍な男だ、と尾鰭を付けた上で勝手に噂されていることも。

だからこそ、せめて彼女が自分の元に嫁ぐことに了承してくれたのなら、悪印象を持たれないように、できる限りの歓迎をしたいと思っていた。それなのに……。

そこまで考えて、妙に浮かれていた頭が冷静に引き戻される。

「結局、あの盗賊達はなんのためにレイニー達を襲ったんだ？　通常護衛の騎士を付けている馬車を、わざわざ盗賊は襲ったりはしないはずだ」

ジークヴァルドの表情が冷徹なものに切り替わったのに気づいたランドルフは、先ほどまでのからかうような表情を消して、真剣な面持ちで頷く。

「当然目的はレイニー嬢だろうな。まあ、誘拐か殺害か目的は不明だが。……お前が領内の警備中だったおかげで、レイニー嬢に大きな怪我がなくて本当に良かった」

「ああ。……だが今回の件は不審なことばかりだ」

本来ならカスラーダの屋敷を立つ時に、こちらに連絡を入れるのが当然の配慮なのだが、向こう側に問い合わせたところ、連絡を入れるはずの伝令が出立後、姿を消したと返答してきた。そしてレイニー達は、護衛が減ったタイミングを狙ったかのように盗賊達に襲われたのだ。

もちろん山を抜ける際に伝令が盗賊達に捕まり、その情報を得た上でウィルヘルムにやってきた花嫁を狙い身代金目的で襲撃、という可能性がないわけではない。だが常識的に考えて、盗賊達が烏合の衆だったとしても、国境警備を託されるほど実力を持つ銀狼騎士団を敵に回すほど愚かではないだろう。

（それに馬車が襲われたのは、ウィルヘルムの領地に入った直後。地形から言っても……休憩ならカスラーダ側で取る方が安全だったはずだ。だが一行は見通しの悪いウィルヘルム側で休憩を取った。そしてそこを狙ったかのように馬車を襲った盗賊達……どう考えても怪しいのは……）

ジークヴァルドと同じことを考えたらしいランドルフは小さく頷いた。

「ウィルヘルムの領土でカスラーダから来た花嫁が盗賊に攫われ、最悪殺害されたとなったら、賠償問題に発展する。その過程でウィルライトの取引に関する交渉を自分達の有利になるように謀ろうというのがカスラーダの魂胆なんだろうと俺は思ったけどな」

ランドルフのセリフにジークヴァルドも頷く。ウィルライトは最近ウィルヘルムで発見された新しい鉱物で、美しく希少な宝石として注目されている。現時点で発掘量がわずかなため、珍しい物に目がない王都の貴族達からの引き合いも多く、宝飾品としての価値は天井知らずだ。カスラーダが隣の領地で見つかった、その貴重な鉱石の販売権を求めて、自分の養女との縁談話を持ち込んで来たのも良くわかっている。とはいえ、今まで贅沢品（ぜいたくひん）と縁がなかったウィルヘルムとしても、販売ルートを潤沢に持っているカスラーダの力は利用したい。そういった経緯で結ばれた縁談ではある。

（だが少しでも隙があれば、そこに容赦なく食らい付く男だ、カスラーダ侯爵は。……例えば養女の命ぐらい、冷静に利用するほどに）

ジークヴァルドがそんなことを考えていると、ランドルフは別のことを思い付いていたらしい。

「彼女は仮にも『慈雨の乙女』と教会から二つ名を賜った聖女だ。……ヴァルが気に入って受け入れたのは良いが、彼女に万が一のことがあれば、教会も黙ってはいないだろう。彼女の身柄の安全だけは念を入れて留意した方がいい」

ランドルフの言葉にジークヴァルドは重々しく頷いた。

「ああ、わかっている。だがウィルヘルム城にレイニーが無事到着したからには心配ない。ここは我々の家門以外、余所者（よそもの）が入る余地がないし、できるだけ早くレイニーを正式な妻としよう。妻となれば帰属はウィルヘルムとなり、難癖もつけられないようになる」

本来なら春になってから結婚式を挙げる予定にしていた。だが彼女の身柄を守るためには、一刻も早く妻とするべきだ。そう冷静に判断したジークヴァルドの言葉に、ランドルフは肩を竦めて笑った。

「……単に予定より早く、ヴァルがあの令嬢を自分の妻にしたいだけじゃないのか？」

先ほどまでの緊張が薄まり、混ぜっ返すようなからかいの言葉に、ジークヴァルドは視線を外して、もう一杯酒を呷（あお）ってから向き直る。

「何を言っているんだ、お前は馬鹿か？　カスラーダとの関係悪化は我が領としても大きな問題になりかねないからだ」

失礼な言い方にも、昔から良く知っているランドルフは怯（ひる）むことはない。わざと真面目に諭すように言い返してくる。

「ムキになるほど気に入っているのは良いが、カスラーダに都合良く利用されるんじゃないぞ」

冷静な切り込みに、一瞬眉を顰（ひそ）める。

「あの令嬢については、いろいろ噂があるようだからな。本当ならヴァルが気に入らなければ、是非とも遠慮願いたい縁談だったんだ……。まあ断ったところで、隣の狸（たぬき）領主は、次から次へと縁談を持ち込むのが目に見えていたからな……。だからさっさと領内で相手を見つければ良かったものを……」

見た目の関係で、ランドルフの方が年下に見られるが、実際は三歳年上だ。既に妻帯し子供もいる兄にも等しい男の盛大な釘打（くぎう）ちに、ジークヴァルドは何も言えずに眉を寄せた。

「まあ、後はあれだな。令嬢がヒルデガルド様に気に入られると良いが……」

ランドルフの言葉に、ジークヴァルドは明日にも母に彼女を紹介しなければと思う。

（なんだかんだとあの人の力は大きい。上手くやってくれるといいのだが……）

そんなことを思いながら、もう一杯酒を飲む。ふと先ほどの真っ赤になって照れていたレイニーと、彼女を抱きしめたくなった衝動を思い出す。

（この土地も、この城も彼女に受け入れてもらえるように最大限の努力をしよう。何より俺自身を受け入れてもらえるためならば……）

生やしっぱなしにしていた髭を剃ろうと決めた時よりももっと切実に、ウィルヘルムと自分をレイニーに受け入れてもらえたら、とそう願っていたのだった。

第三章　アメフラシ令嬢の初恋

食事を終えた後、疲れも溜まっていたのだろう。レイニーは清潔で暖かいゲストルームでぐっすりと朝まで眠ることができた。朝目覚めると、昨日の侍女ヤスミンが支度を手伝ってくれた。

「ジークヴァルド様より、レイニー様がもしお疲れではなかったら、午後一緒にヒルデガルド様のところへ挨拶に伺いたいそうです」

その名前を聞いて、レイニーは貴族録に書かれていた名前を思い出す。

「前辺境伯夫人、ですよね。ジークヴァルド様のお母上の」

レイニーの言葉にヤスミンが頷く。

「あの……どんな方なのですか？」

九歳で実の家族を亡くしてから、家族という存在に憧れがあるレイニーは期待をもってヤスミンを見つめる。

「そうですね……ちょっと風変わりな方です」

にこっと笑顔で言われて、それはどういう意味だろうと首を傾げていると、彼女はさらに目尻を下げてクスクスと笑った。

「会ってみたらわかります」

ヤスミンがそう言うのであれば、答える気はないのだろう。いつも笑顔のヤスミンの「風変わり」「会ってみたらわかる」という言葉に少しだけ緊張したが、ヤスミンの気遣いのおかげで午後の時間までのんびり過ごすことができた。


「待たせてすまなかった」

昼食を終えてジークヴァルドを待っていると、彼は午後を少し過ぎたあたりでレイニーの部屋にやってきた。出かける準備をすませたレイニーは、部屋に入ってきたジークヴァルドを見て、やっぱり大きくて、なんだか熊みたいな人だ、と最初の印象を再確認していた。

「いえ、全然。それよりジークヴァルド様の方がお忙しかったのでは？」

領主の仕事は多岐に及ぶだろう。冬が厳しいウィルヘルムではこの時期が特に忙しいことは、レイニーでなくても想像がつく。だが彼女の言葉に彼は首を横に振った。

「いや、今日は母を訪ねる約束をしていたから、問題ない」

そっと手を差し出された。どうやらエスコートをしてくれるらしい。

（野蛮人みたいな生活をしているって、ドリス達は笑っていたけれど、ウィルヘルムのお城は重厚な造りで古めかしさはあっても、綺麗に掃除されているし、ジークヴァルド様もとても優しくて、恐ろしい噂話なんて本当に当てにならないな……）

くだらない噂話を信じて不安がっていたのに、昨日こちらに来てから一つずつ解消されている。それに城にいるヤスミン以外の侍女や侍従達も、冷たくて距離の遠かったカスラーダ侯爵邸の使用人達より、気さくで明るくていい人が多そうな印象だ。

(こんなに恵まれた環境だなんて、来る前には全然想像がつかなかった。でもこのお城がそうなっているのはこの人のおかげなんだろうな)

そっとジークヴァルドの腕に掴まり、逞しい上半身の上に乗った端整な横顔をじっと見つめていると、彼の首筋が少し赤くなる。ドキッとしつつも、緊張して生活しなければと思う。

(まだいろいろなことがはっきりわかっていないから。あまり信じすぎないように。……少しずつ様子を見ていこう)

レイニーは時折襲ってくる不安な気持ちを抑えつつ、できる限り冷静に観察し、ふさわしい行動をしなければならないと思う。

「今日は母上に貴女を紹介する予定だが……少々変わっている人なので、適当にあわせてくれると助かる。……昼食は軽目にしてもらえただろうか」

だがジークヴァルドの唐突な言葉に、ヤスミンからの昼食時にされたアドバイスを思い出す。

「はい、ヤスミンがあまり食べ過ぎないように、と言ってくれたので、スープと軽いパンだけにしておいたのですが……」

少し不思議に思いながらそう答えると彼はホッとしたように笑みを浮かべた。もともと厳つい顔立ちをしているのが笑顔になった途端、はにかんだ少年のような可愛らしい表情になる。その変化にドキッとしてしまうのだ。

（冷静に、って思っているのに……）

なんだかふわふわしている自分が怖い。期待しすぎると、後でがっかりすることになるかもしれないのに……。

「それでは行くか。母はこの城の裏手にある離れに住んでいる」

彼はそう言いながら、城の裏手から中庭を抜けて歩いていく。昨日気づいたがカスラーダとここでは山を一つ越えただけなのに、気温が大分違うらしい。既に葉が紅葉し始めている庭園の道を歩いていると、寒さがじわりと上がってきてストールをぎゅっと握った。

「明日にでも、貴女用のコートを作ろう」

その様子に気づいたのか、ジークヴァルドはぼそりと言う。

「ありがとうございます。ジークヴァルド様は優しいですね」

にこりと笑みを浮かべると、彼は緑の目を瞬かせてから、前に視線を向ける。

「ウィルヘルムの冬は本当に寒い。貴女が用意したコートでは多分事足りないだろう……覚悟しておいてくれ」

そんなことを真面目に言うから、レイニーは笑ってしまった。

「でも確かにそうかもしれないですね。実は私、雪景色を見たことないんです。そもそも出身は南部ですし」

王都ではほとんど雪が降らない。たまに舞う程度だ。雪は雨が凍って空から降ってくるのだと本で読んだことがあるが、それが積もっている様子などは絵画でしか見たことがない。

（もし私が今も雨を降らせられていたら、雪だって降らせることができたのかしら）

雨を降らせられないアメフラシ。先ほどの不安とは少し違う、なんだか切ない気持ちになってチクンと胸が痛む。だが表情の変化に気づかれて余計なことを聞かれないように、わざと表情を明るく整えながら、庭を歩いていく。

「この時期は庭も寂しい景色だが、春から夏にかけてはいろいろな花が咲くのだ」

「そうなんですね、どんな花が咲くのか、楽しみにしています」

きっとその頃には、少しは辺境にある伯爵領の夫人として、ふさわしくなっているのだろうか。正直まだ実感はない。だが輿入れのために来たのだ。きっとそうなるはずだ。

二人でゆっくり歩いて秋景色の庭を抜けた先には、小さいが手入れの行き届いた綺麗な白い平屋の家があった。

「母上、失礼します」

彼は躊躇(ためら)うことなく、ノックして声をかけるとドアを開けた。前伯爵夫人がこんな小屋のような家に住んでいるのだろうか。ちょっとびっくりしながらレイニーも彼と一緒にそのドアの中に入る。

「いらっしゃい、ヴァル。あぁ……貴女がレイニーね」

出てきたのは綿で作られた素朴なドレスにフリルのついた大きなエプロンを着け、綺麗な黒髪を後ろで緩く三つ編みにした女性だ。ジークヴァルドの母だと言うからもっと年を召した人を想像していた。だが年相応に皺などがあっても髪は黒々としているし、表情が明るくてまるでうら若い少女のようにも見えた。

「初めまして。ヒルデガルドよ」

まるで平民の女性のように気さくな様子で手を差し伸べてくる。咄嗟に手を伸ばすと、男性貴族のように握手をするから、レイニーはびっくりしてしまう。

「あの、初めまして。レイニーです」

「来てくれて嬉しいわ」

さらに近づいてくると、彼女は手を取った反対側の手を伸ばし、そっとレイニーを抱きしめた。突然のことにレイニーは固まってしまう。ふわりと漂うのは、美味しそうなお菓子と懐かしい花の匂い。何故かじわっと胸が熱くなる。

(こんな風に、誰かに抱きしめてもらったのなんて……いつぶりかな)

固まっている彼女を見て、ジークヴァルドは困ったような顔をしている。

「すまない。こういう人なんだ。母上、突然そんなことをしたら、レイニーがびっくりするだろう?」

無骨な印象が強かったジークヴァルドだが、母親の前では少し様子が違うらしい。当惑したような顔をしつつもさりげなく母の手を取り、レイニーとヒルデガルドの間に距離を空けた。

「うふふ。あらごめんなさい。私はウィルヘルムを出たことがないから王都の礼儀を知らないし、人懐っこすぎるといつも怒られるの。……でもレイニーさんがとても可愛らしい人だから、ついね」

だが慣れているのか気にした様子もなくヒルデガルドは室内へとレイニーを誘う。にっこりと微笑む優しい緑の瞳はジークヴァルドと同じ色だ。色が白くてとても整った容貌をしているのに、顔全体をくしゃくしゃにして全力で笑う。目尻に皺が寄ると、目が見えなくなってしまうほどだ。

「さあさあ、座って。今日は、今年取れた栗をたっぷり入れたケーキを焼いたの。それとクッキーもたくさん焼いてあるし、マフィンもあるわ。ああ、塩気のある食べ物もいるかしら、と思ってサンドイッチも作ったの」

「ありがとうございます」

お礼を言いながら勧められた席に座る。そこにあったのは木で作られた机と飾り気のない椅子。椅子の背中には毛糸で編まれたクッションと、膝かけがかけてあった。本当に質素な部屋だ。平民の住んでいる小屋と一つも変わらないのではないか。

「……素敵なクッションですね」

けれど、レイニーはなんだかその光景が懐かしくて仕方ない。言われた通り椅子に座ってもたれかかると、心地良い弾力が返ってくる。

「私が編んだの。そう言ってくれて嬉しいわ」

笑顔で彼女は焼きたての栗のケーキやクッキー、サンドイッチをテーブルに並べてくれる。なるほどお昼を軽目にと言われた意味が、机の上に並べられた美味しそうなお菓子を見て良くわかった。

「あの……これ全部、お一人で準備してくださったんですか？」

改めて気づいたが、この部屋には侍女らしき人が見受けられない。なんだったら今もヒルデガルド本人がお湯をお茶のポットに注いでいるくらいだ。

「ええ、そうよ。自分の食べる物は自分で用意するの。素敵でしょう？」

クスクス笑って答えられて、前伯爵夫人とは思えない行動に目を丸くする。このケーキもクッキーもマフィンも自ら焼いたと言うのだろうか。驚いてジークヴァルドに視線を向けると、彼は眉を下げて、はぁっとため息をついた。

「母はここで一人で生活している。俺が伯爵位を継いでからずっと……侍女もおかず、自分の食べる物は自分で作っているんだ」

「あらだって、わざわざ人に世話を焼いてもらう必要なんてないもの。好きな物を自分で作って食べて、自由に生活するのがずっと夢だったのよ」

にっこりと笑うと、自ら淹れたお茶をレイニーの前に置いてくれた。そして彼女達の向かいに座ると、自分用に用意したお茶に口をつける。

「うーん。良い香り。……この紅茶も、お菓子の材料も、全部屋敷からもらってきているんだけどね。その材料で全部私が焼いたのよ。美味しいから食べてみて」

勧められて、レイニーはまだ暖かい栗のケーキにフォークを突き立てた。

「ふぁ……美味しいです」

前伯爵夫人が自ら作ったとは俄には信じがたいほど、ケーキはふわふわと柔らかく焼けていて、下の方には栗もたっぷり入っていて本当に美味しい。

「うふふ、そうでしょう。クッキーも美味しいのよ。ドンドン食べて」

お菓子を褒められて嬉しかったのだろうか。さらに勧められてクッキーも口に入れる。ふんわりとバターの風味が漂って、昔体調の良かった時に母が焼いてくれたクッキーの味を思い出す。刹那微笑む母の姿が脳裏に浮かび、懐かしさに胸がぎゅぅっと締め付けられた。

「美味しい、です」

クッキーは口の中でサクサクほろほろと崩れていく。母の好物だったのと同じ、紅茶の葉を細かく潰した物が入ったクッキーは、お腹に落ちるとぬくもりに変わっていくような気がする。なんだか目頭が熱くなってくる。

レイニーの前に並べられた物はどれも、胸がじんわり熱くなるほどの郷愁を感じさせた。

『レイニー、クッキーを焼いたの。ちょっと焦げちゃったんだけどね。レイニーのお誕生日のお祝いがしたくて……』

クッキーを一つ食べ終える間に、ずっと胸の奥にしまわれていた記憶が一気に蘇ってくる。

母が病床でしていた編み物を使ったクッション。もちろん母の部屋は屋敷の寝室で、この部屋よりはもう少し貴族らしい設えにはなっていたけれど、レイニーが見てきた他のどの景色より、ヒルデガルドの部屋は母の部屋と似ている気がした。

ふと母が編んでくれたマフラーを思い出す。可愛らしい桃色の編み込みがたっぷり入ったマフラーだった。南部はそこまで寒くなることはなかったけれど、風の冷たい日、細い毛糸でふんわりと、それでいて丁寧に編まれたそれを、つけて出かけるのがレイニーのお気に入りだった。寒くなると嬉しくて、毎日巻いて外に遊びに行っていた。

押し寄せてくるのは、失ってしまった過去を思い出す感覚。美味しいお菓子を口に運びながら、レイニーはぽろぽろと涙を零（こぼ）していた。

「……っ」

驚きに目を見開いているのはジークヴァルドだ。だがヒルデガルドは笑顔のままそっと手を伸ばし、エプロンから出した清潔なハンカチで彼女の涙を吸い取る。

「あらあら、どうしたの。涙が出るほど美味しい？」

そっと頭を撫でてくれる。まるでそれは母の優しい手のひらのようだった。

「貴女はもしかしてずっと泣かずに頑張っていたのかしら。だったらたくさん泣いたら良いわ。貴女は私の義理の娘になるんですもの……私、息子しか産まなかったから、娘ができたら嬉しいわ」

そう言うと、レイニーのところまでやってきて、ぎゅっと抱きしめてくれた。ヒルデガルドからは懐かしい母の寝間着と同じ花の匂いがした。

「……すみません。こんなに泣いたことなんて……なくて」

それから紅茶が冷めるほどの時間、涙を流していたらしい。くずくずと鼻を鳴らしながら、散々泣いたレイニーは恥ずかしげに顔を上げる。ジークヴァルドが呆(あき)れているだろうと思うと、そちらを見るのが怖い。

「いいのよ。こんな風になるくらい、ずっと頑張っていたんでしょう」

けれど久しぶりに泣いた後は、なんだかスッキリして気持ちが晴れていた。それから温かい紅茶を淹れ直してもらって、美味しいお茶を飲んでクッキーの作り方や編み物の話をして、楽しい時間を過ごした。ジークヴァルドにとってはあまり興味のない話だったかもしれないが、彼は終始柔らかい表情で彼女達が話をしている様子を見ていた。そして楽しい時間はあっという間に過ぎて……。

「また近いうちに、お茶を飲みに来てね」

「はい、もちろん。お菓子はどれもとっても美味しかったですし、お話しできて楽しかったです」

来た時と同様に、入り口に立って見送ってくれるヒルデガルドに、笑顔でお礼を言ってレイニーは義母になる女性の家を後にする。

「……変わった人、だっただろう?」

ゆっくりと庭を散歩しながら、ジークヴァルドは苦笑をする。この人はあんな温かい人に育てられたのだ。そう思うと、最初の頃の無愛想な印象は、不器用で無骨な印象に変わっていた。

煮詰めたキャラメルのような微かに甘い、秋特有の落ち着く香りと、凛(りん)とした冷たさをまとった空気を感じて、レイニーはそれを心地良く思う。

「母は本当ならこの城を出て、一人でのんびりと暮らしたいのだそうだ。まだ俺が妻帯してないので、一応こんな形とはいえ城内には住んでいるが」

彼が珍しく饒舌(じょうぜつ)に話をするのは、やはり母親の風変わりな様子に困っているのかもしれない。だがレイニーは戸惑うどころか、ヒルデガルドに自らの母を重ねて、なんだか温かい気持ちになっていた。

「私は……ヒルデガルド様のこと、とても素敵な女性だなって思いました。それに……」

話をしようという雰囲気を感じ取ったのか、彼は彼女を大きな木の下に置かれたベンチに誘った。

懐かしい母のことを思い出して、心がふわふわしている。もう少し話に付き合ってほしいと思っていたので、彼の心遣いがすごく嬉しい。

日は少し傾き始めて、色づく葉の間から柔らかい光を投げかけている。青くて澄んだ空を見上げながら、レイニーは話を続けた。

「亡くなった母を思い出して、とっても懐かしくなったんです。母は病弱だったんですが、体調が良い時はヒルデガルド様みたいにクッキーを焼いてくれたり、刺繍や編み物を教えてくれたりもしました」

ぽつり、ぽつりと昔話をすると、彼は黙って聞いてくれていた。ヒルデガルドとの出会いはとても幸せだったけれど、母を思い出すとやっぱり寂しくて、口数が多くなっている。

「母上が亡くなられたのは……？」

彼は口下手ながらも、ぽつりぽつりと話の接ぎ穂を拾ってくれるから、レイニーは昔話を続けることができた。

「私が八歳の時だったんです。その後父が母を追うようにして南方風邪で亡くなって……」

彼女の言葉に、彼は一つ切なげなため息をついた。

「そうか。父上も南方風邪が流行した時に亡くなられたのか……」

「ええ、それで子爵領は父の弟が継いで、私は遠縁のカスラーダ侯爵のところに養女として引き取られました」

もちろん親戚だから養子になったわけではなく、侯爵の目的はレイニーの特別な能力にあった。そんな過去を思い出し、レイニーがはぁっと一つ息を吐くと、自分のことのように辛そうな顔をしているジークヴァルドを見て、少し気持ちが慰められた。

「でも今日、ヒルデガルド様にお会いできて嬉しかったです。こんな方が、私の義理の母になってくれたらどんなに幸せか……」

空を見上げて、先ほど抱きしめてくれた温かい手を思い出す。涙を拭ってくれて、優しい声をかけてくれて……。

「あのお母様に育てられたのなら、ジークヴァルド様もきっと優しい方なんだろうな、って確信しました」

ヒルデガルドを思い出しながら彼の顔を見上げると、彼は困ったような顔をして、眉を下げた。

「母はお節介で、人との距離が近くて、貴族女性としてはかなり変わった人だ。だがレイニーが気に入ってくれたのなら良かった」

話す言葉に頷いていると、彼は何かを伝えようという様子でパッと顔を上げた。

「俺は……貴女がウィルヘルムに来て……」

「――くしゅん」

彼が何かを言いかけた途端にくしゃみが出てしまって、彼は言葉を止めた。

「これでもないよりはマシだろう」

彼は上着を脱ぎ、彼女の肩にかけた。

「え？」

突然かけられた上着にすっぽりと包まれて、驚きながらジークヴァルドを見上げる。自分の服ではありえないほど大きくてぶかぶかで、そのことになんだかドキドキしてしまった。

（それに……私の物とは違う、男の人らしい匂いがする……）

最初に感じた、あの深い森のような落ち着く香りだ。そう気づいた瞬間、じわじわとまた体が熱を帯びていく。

「日が陰ってきて一気に寒くなってきただろう？　部屋に戻るまでしばらくそれを羽織っていてくれ」

「でも、あの……ジークヴァルド様が寒いのでは？」

びっくりしてそう言うと、彼は目を細めた。その顔はヒルデガルドの温かい笑顔に良く似ている。

「俺にとっては、今日は小春日和だ」

照れたように視線を上げ、傾いてきた太陽を見て笑う彼の横顔を見つめながら、レイニーは昨日より、ウィルヘルムに来たことを本当に良かったと思っていたのだった。

＊＊＊

ウィルヘルムに来て二週間がすぎたある日、レイニーは馬車に乗っていた。隣に控えているのはヤスミンだ。

「ふふふ、今日はデート日和ですよ～」

いつものように楽しげに笑って言われて、レイニーはどう答えて良いのか困ってしまう。

「デート？」

「はい、だってお二人で町を歩かれるのでしょう？　それを一般的にはデートって言うんです」

なんだかとっても楽しそうだ。本来ならば城に業者を呼んで、レイニーの冬用のコートを作ってもらう予定だったのが、昨日の夜、急遽町にある店まで出かけることになったのだ。

「でも、この時期は商人も忙しいからって聞いたけど……」

レイニーがそう言い訳するように言うと、ヤスミンは顔の前に人差し指を伸ばして、左右に振った。

「レイニー様は、わかっていらっしゃらないです！　普通なら、少しぐらい忙しくたって、ジークヴァルド様が呼んだら、商人達は大喜びで城にやってきますよ」

うんうん、と一人納得して頷いている様子に、なんと言葉を返していいのか困ってしまう。次の瞬間、彼女はニッと口角を上げて笑う。

「つまりジークヴァルド様は、レイニー様を連れて町歩きがしたかったんです。自分の領地を見てほしかったのもあるかもしれませんね」

ヤスミンの言葉に、あぁとレイニーは声を上げて頷く。

（これからずっと過ごすことになる領地だもの、理解してほしいと思うのは当然よね）

「そうか。ジークヴァルド様は私にウィルヘルム領地を直接見て知っておいてほしいって考えられたのね」

納得したように頷くと、ヤスミンはうーん、というちょっと複雑そうな顔をした。

「それはそう、なんですけど、それだけじゃないっていうか……奥様になる女性とデートしたいというか、領民のみんなに見せびらかしたいというか、なんというか……」

ヤスミンはちらりとレイニーの顔を確認するが、何が言いたいのかわからず返答に困っていると、仕方ないなというように小さく笑みを浮かべた。

「まあ……私はレイニー様が町を楽しんでくださったらそれが一番嬉しいです」

肩を竦（すく）めてヤスミンは会話を締める。それとほぼ同時に馬車がゆっくりと止まった。御者が町に着きました、と声をかけてくる。すぐにノックと共に扉が開き、馬で町に向かっていたジークヴァルドが前でレイニーを出迎えてくれた。

「それでは私は用事をすませてきますので。……デート楽しんでくださいね」

にっこりと笑ってウインクしたヤスミンが完璧な挨拶の直後、元気良く駆け出していく。圧倒されてその背中を見送っていると、控えめにジークヴァルドがエスコートのために手を貸してくれた。

「王都とは比べ物にならないほど小さくて素朴な町だが……後で少し歩かないか」

真面目な顔をして言うジークヴァルドに、なんだかくすぐったい気持ちになって頷く。ヤスミンに言われたせいで、本当にデートみたいだと思ったら、そわそわしてしまう。

馬車は今日の目的地である洋服店の手前に止められたから、まずはそのまま店に入った。

「ジークヴァルド様、ようこそ……。わざわざ店の方まで出向いていただいて申し訳ありません。初めまして、私はこの店の店主ヨハンと申します」

店の主人が店の者達を引き連れて彼らを出迎える。伯爵家の人間が出入りする店にふさわしく、店の人間達は品が良く対応がとても丁寧だ。挨拶をされたレイニーは店主と店の者達に笑顔を向けた。

「初めまして。レイニーです」

「今日は婚約者であるレイニー嬢のコートを注文しにきたんだが……」

婚約者、とジークヴァルドに紹介されて、思わずドキッとするが、ジークヴァルドは冷静な顔で後ろを振り向くと、控えていた騎士が店主に大きな箱を渡した。

「こちらを使用してもらおうと持ってきた」

「拝見させていただきますね」

洋服屋にわざわざ何を持ち込んだと言うのだろう。レイニーが不思議に思って首を傾げていると、店主は机の上でその箱を空ける。

「これは……見事ですね。リンクスですか。これだけ綺麗な毛皮は昨今、なかなか見ることができませんね。本当に素晴らしいです」

淡い金色に輝く艶(つや)やかな毛並みを見て、店主は感嘆の声を上げる。下から手を差し入れて、毛並みをレイニーに見せるように裏側から撫でると、毛皮がキラキラと美しい光沢を放つから、ついうっとりと見惚(みほ)れてしまった。

「あぁ、以前領内の猟師が良い毛皮が取れたと献上してくれた物だ。仕立てを頼めるか？」

献上された物と聞いてレイニーはハッと顔を上げて、ジークヴァルドを見つめた。

「それでしたらジークヴァルド様のためのコートにしたらどうでしょう……。そんな立派な毛皮を私のためのコートになんて……」

もったいないとレイニーが言いかけると、彼は小さく吐息をつく。

「この量では俺のコートにはまったく足りない。それに輿入れした貴女が風邪を引くような事態になっては、領地間の問題となるからな」

あっさりと言われて、レイニーはハッとした。

（そうか、私に対してどうとかじゃなくて、私のせいでカスラーダとの関係を悪化させるわけにいかないのね……）

なんで気づかなかったのだろう。彼がレイニーに気遣いを見せるのは当然のことだ。隣の領地の侯爵家から養女といえども嫁いだ娘が、すぐに体調を悪くしたらいろいろ問題が発生するに違いない。そんなことにも気づけない自分に少し情けない気持ちになって眉を下げると、店主は二人の表情を見て、愛想の良い笑顔を見せた。

「レイニー様、そもそもリンクスの毛皮は貴婦人にこそふさわしい華やかな物です。きっと献上した猟師もそのように言っていらしたのでは？」

フォローの言葉に、ジークヴァルドもハッとしたような顔をして重々しく頷く。

「ああ、確かに彼も『将来の辺境伯爵夫人のために』と言っていた」

猟師の言葉を覚えていて、ジークヴァルドがレイニーのために持ち込んでくれたのだと気づいて、気遣いがありがたいと思う。

（そうだよね。風邪をひかせない必要があるとしても、温かければ十分なのに、わざわざこんな素敵な毛皮を持ち込んで仕立ててほしいって言ってくれたんだもの）

少なくとも先ほどの彼の発言に悪意はないのだ。レイニーはそう考えると、自分のために持ってきてくれたという毛皮に目を向けた。彼女の視線に気づいて、良い商売人である店主は、ふぁさりと毛を波打たせて、もう一度見事な光沢を見せつける。やっぱり美しすぎるその毛皮を見ると、ついつい見惚れてしまう。

「……ありがとうございます。こんな綺麗な毛皮でコートを作ってもらえるなんて、本当にありがたいです」

レイニーが素直にそう言って笑顔を見せると、ジークヴァルドは小さく安堵の息をつき、店主はにっこりと笑顔をしつつ、彼女の前に毛皮を近付けた。

「是非、一度触れてみてください。きっと仕上がりがとても楽しみになると思いますよ」

彼の言葉にレイニーはそっと手を伸ばし、その豊かな毛並みを撫でた。しっとりと吸いつくようで、それでいて手のひらをふんわりと暖かくしてくれる。気持ちよくて何度でも撫でたくなるような心地に、店主が言ったように、コートに仕立ててもらうことが、心の底から楽しみになっていたのだった。

「それでは少し町歩きするか」

洋服店でコートや冬服をいくつか頼み、店を出る。外に出て改めて、じっくりとウィルヘルムの城下町の景色を見ることになった。確かに王都に比べると、この町は人も少ないし建物も少ない。そもそも道も舗装されていないし、どれも平屋で高い建物などはなかった。

けれども軒下には干し肉がつるされていたり、川や湖で取れた魚が干されていたりする。小さな子供達が楽しそうに走り回っており、町を歩く人達は互いに挨拶を交わし、どの顔も忙しそうではあっても穏やかな表情をしている。そこには地に足がついた日常があった。

（この領地はどこでもゆったりと時間が流れていて、落ち着いていて、心地良い匂いがする）

ウィルヘルムに来てからずっと、深い森の中にいるような心が穏やかになる匂いがしていて、それがレイニーを優しい気持ちにしてくれていた。温かい日差しの下、ゆっくりとジークヴァルドとレイニーが通りを歩き始めると、じっとこちらを見つめている子供達がいることに気づく。

「ジークヴァルドさま、その人はだぁれ？」

左右に三つ編みを垂らした四歳ぐらいの女の子が近寄ってくる。それを見て軒下で遊んでいた子供達が数人、興味津々という顔をしてこちらに集まってきた。レイニーは町の子達が直接ジークヴァルドに声をかけてきたのを見て、王都ではありえない貴族と平民の距離の近さに目を見開く。

「ああ。……この人は、俺の奥さんになる予定の人だ」

だがジークヴァルドは叱責などすることなく、軽く腰を折ると女の子の顔を覗き込み、ごく普通に答えた。

「わぁぁぁぁ、お姉さん、ジークヴァルドさまと、結婚するの？」

もう一人、もう少し年かさの女の子が近づいてきて、今度はレイニーに向かって無邪気に尋ねた。咄嗟になんて答えようかとジークヴァルドを見上げると、彼が小さく頷くので、レイニーも膝を折りその少女の顔を見て返事をした。

「……そうなの。ジークヴァルド様と結婚するために、王都から来たの。よろしくね」

気さくに答える彼女の様子を見て、今度は逆にジークヴァルドが目を見開き、それからふっと表情を緩めた。その途端、わっとあたりから歓声が沸いて、驚いたレイニーは慌てて周りを見渡す。

「ジークヴァルド様、おめでとうございます！」

「もしかして、って思ったんですが、やっぱりそうだったんですね」

「あの小さかったジークヴァルド様が、ついに……ねえ」

「今はちっとも小さくないけどな」

誰かの混ぜっ返しに、爆笑の渦が湧く。和気藹々（わきあいあい）と盛り上がっている様子が気になったのか、中にいた人達も次々と外に飛び出してきた。レイニーは人通りの少ないと思っていた町に、これだけの人がいたことにびっくりしてしまった。良く見ると、小さな子供を抱いた母親や、杖（つえ）をついたお年寄り、それこそ町中の人が通りに出てきたような様相だ。

「いやあ、良かった。おめでとうございます」

町の人達が領主であるジークヴァルドに向かって、まるで親しい親戚のように声をかけてくる様子に、びっくりして固まってしまう。それに気づいたジークヴァルドは、そっと彼女の手を取って安心させるように頷きかけた。

「皆、俺が子供の頃から知っている人ばかりだ」

確かに甥っ子（おいっこ）の結婚が決まったように心から喜んでいることが、領民の人々の明るい表情から伝わってくる。

「このたび、俺の元に輿入れすることになったレイニーだ」

「あの……初めまして、レイニーです」

その温かい雰囲気を壊したくなくて、レイニーも恥ずかしさを堪えて、大きな声で挨拶をし笑顔を見せる。すると周りの人々はわっと声を上げ、レイニーにも温かい笑顔を向けてくれた。

「皆に知っていてもらいたい。俺がレイニーと婚約したのは……」

良く通る声があたりに響き渡る。領主の言葉に、騒いでいた人々はジークヴァルドの顔をじっと見た。すべての視線が隣に立つジークヴァルドに向かう。そしてレイニーもまた彼の横顔を見上げていた。

「初めて会った時に、彼女がとても優しい人だと思ったからだ。きっとウィルヘルムの人達にとっても良い領主夫人になると確信できた」

彼の言葉に、ウィルヘルムの人々は大きく頷く。彼はレイニーの手を握るとそれをそっと持ち上げた。繋いだ手が話を聞いている人々の前に証拠のように示される。

「だから、皆にも俺がレイニーを気に入って、受け入れた縁談なのだと理解してほしい」

彼が言った途端、周りは一瞬息を飲んだような空気になり、だが次の瞬間、男性達を中心に、ヒューヒューというような冷やかしの声が上がる。

「ジークヴァルド様はレイニー様が大好きだから、結婚するの？」

十歳ぐらいの、恋愛話に興味を持ち始めたころらしい女の子が大きな声を上げると、焦ったようにジークヴァルドがレイニーを見つめた。その途端、先ほどまでの緊張感とはまったく違う熱が込み上げて来て、なんだか顔が熱くなってくる。そんな二人の様子に周りの人達が楽しげな表情になっていた。

（ど、どうしよう）

告白じみたことを言われて、からかうような人々の視線に恥ずかしくてたまらない気持ちになる。

「彼女はいい人だ。優しいし、皆とも仲良くしてくれただろう？　だから結婚したいと思ったんだ」

その言葉に、じっとレイニーの顔を見た女の子はにっこり笑って頷く。

「ジークヴァルド様のお嫁さんが素敵な人で良かったわ」

彼女の言葉に町の人達は頷いて、各々笑顔を浮かべた。

「……さて、今日はこれから他のところに行くから、またな」

散々レイニーのことを褒めた彼は、ほんの少しだけ上擦ったような声でそう言うと、レイニーの手を握りしめそのまま歩き始める。

「ジークヴァルド様、おめでとうございます」

何度も繰り返される祝福の言葉を背中で聞きながら、レイニーは胸がドキドキするのを押さえ込み、なんとか表情を取り繕って彼の隣を歩いていく。しばらく進むと、急に彼は足を止めた。

「……昼飯だが」

だが突然言われた、色っぽくもなんともない話に高い位置にある彼の顔を見上げた。

「はい？」

そう言えば、既に昼時を過ぎている。緊張していて空腹は感じていないが、彼はきっとお腹が空いていることだろう。

「景色の良いところで食べないか？」

「景色のいいところ？　ええ。もちろんいい、ですが……」

彼女が答えると、彼は彼女の手を引いて、ずんずんと歩き出す。そうこうするうちに町の馬場についていた。馬場の柵の前で、バスケットを持ったヤスミンが控えている。

「レイニーと一緒に、湖の畔(ほとり)で食事をとってくる」

「あの……準備は整っていますけど、給仕の人間は……？」

ヤスミンがジークヴァルドに尋ねるが、彼が重々しく首を左右に振ったのを見て、一歩彼女は後ろに足を引いた。

「なるほど、お二人きりがいいんですね」

ぼそりと呟くとヤスミンは持っていたバスケットをジークヴァルドに渡すとにっこりと笑った。

「……それでは楽しんできてくださいませ」

「ああ。レイニーは俺が城に連れて帰るので、お前達は先に城に戻っていてくれ」

バスケットを軽々と掴んだ主人の言葉に、ヤスミンは「畏(かしこ)まりました」と頷く。

「あの……」

先ほどからの会話の意味がまったくわからない。レイニーが尋ねるようにジークヴァルドを見上げると、彼は彼女にバスケットを預け、バスケットごと彼女を抱き上げた。

「え、ええっ」

体格差があるので、何の苦もなくジークヴァルドは彼女を抱き上げて、数歩移動すると馬の背中に彼女を乗せた。当然視点が高くなり、びっくりして固まってしまう。

「では行ってくる」

だがそんな彼女のことを気にする様子もなく、ジークヴァルドはヤスミンにそう言うと、レイニーを乗せた後ろに乗り、抱きかかえるようにして手綱を取った。そして軽く馬を走らせる。馬場はもともと町の外れにあり、ジークヴァルドはレイニーを馬に乗せたまま、城の方向に道を進んでいく。

「あ、あのっ」

慣れない移動手段と、抱きしめられているみたいな距離感に、心臓の音がうるさいほど鳴っている。状況を確認するため声を上げようとすると、彼は耳元に口を寄せ、低く深い声で一言囁いた。

「舌を噛むぞ」

(ど、どこに連れて行くんですか。なんでこんなことを……)

動揺して聞きたいことはいくつもある。ただ、確かに下手に喋ると舌を噛みそうだ。

(……景色の良いところで昼食を取ろうって……言ってたよね)

ゆったりと進む馬の歩に揺られている間に、少しずつ落ち着いてくる。そうすると先ほどの彼との会話を思い出し、つまりお昼ご飯を食べるために移動しているということだろうか、と理解できた。

(もう……最初からちゃんと説明してくれたらびっくりしないですむのに……)

そう思いながらも落ち着いたことで、ようやく視野が広がってくる。行きがけは馬車に乗ってきていたから、あまり景色を見ることができなかったが、改めて見ると、山間を抜けていく道は紅葉する樹木が美しいグラデーションを作っている。今日は日差しが暖かいので、太陽の光が燦々と差し、鮮やかに色づく葉をつけた木々はキラキラと輝いているように見えた。

「わぁ……湖！」

その森を抜けると広く開けており、そこには樹木に囲まれた綺麗な湖があった。奥にはウィルヘルム城が見える。透明度の高い美しい水は、暖かい日差しを受けてキラキラと輝いていた。

「……ここだ」

言葉少なくジークヴァルドがそう告げると、湖の畔には既に絨毯が敷かれて、テーブルと椅子がセットされており、テーブルの上にはすぐにも食事ができるように食器が並べてあった。

「これって……」

「良い景色だろう？」

目を細めて周りの景色を見て言う。あまり表情の変わらない彼だが、どこか誇らしげに見えて、そんな様子がなんだか微笑ましく思えた。彼はそのまま馬を降り、彼女を抱きかかえ敷物のところに連れて行き、その上におろした。そしてさりげなく、置いてあった膝かけを渡してくれた。

「……その中に、食事が入っているはずだ」

ずっと持っていたバスケットを空けると、美味しそうに詰められたサンドイッチや、カットされた果物、サラダや肉料理が用意されている。

「……すごい」

レイニーがびっくりしている間に、彼は馬を近くの木に繋ぎ戻ってくる。

「あぁ、美味そうだな。早速だが食べよう」

彼は敷物の上に座り、中に入っていた瓶を取り出すと、グラスに注いだ。その間にレイニーは食べ物をテーブルに並べていく。

「このあたりで取れたベリーを使ったジュースだ。酒じゃないから安心して飲んでくれ」

その声にグラスを手に取り、赤い雫を口にした。酸っぱくて甘くて、一気に胃が目覚めたような気がする。

彼は神に祈りを捧げると、すぐにサンドイッチを手に取った。同様にしてからレイニーもサンドイッチを手に取る。レイニーはふと母が体調の良かった時に、父と三人で綺麗な川のそばでランチを食べた幸せな頃の記憶を思い出していた。

「……美味しいです」

心地良い秋の終わりの空気の中で食べる食事は最高だった。思わず笑みが漏れてしまう。

「……喜んでもらえたなら良かった。それに貴女が思った以上に、この領地に馴染んでくれていることが、本当に嬉しい」

朴訥に話す彼の言葉を聞きながら食事をとっていると、お腹の中も心も満たされる気がする。出会う人々はみんな優しいし、怖いと脅されていた婚約者は口下手らしいが、怖いなんてことはなく、いつも穏やかで親切だ。きっとこの食事も、自分のために用意してくれたに違いない。

「……私、ウィルヘルムに来られて良かったです」

ゆったりとした表情をしているジークヴァルドを見ていると、この領地に惹かれるのと同時に、領地を治めている優しい領主にも惹かれていることに気づく。

(そう言えば、会った時から優しかったよね……)

小さな野花のために、会談の前にもかかわらず、手を汚してまで丁寧に植え替えをした人だ。ふとそんなことを思っていると、彼も同じことを考えていたのかもしれない。

「あそこにある、あの緑色の絨毯のような植物だが……」

彼が指を差すのは、ちょうど湖の奥にある岩場だ。山肌を白っぽい葉が覆っている。

「あれは瑠璃草と言うんだ……」

先ほどの町の人に語った話と何か関係があるのだろうか、その言葉に彼女が首を傾げるのを見て、彼はふっと目元を細めて笑った。柔らかい表情に、胸がトクンと甘く跳ねる。

「貴女が侯爵の庭で必死に植え替えしようとしていたあの植物だ。この領地では良く見かける植物なんだ。どこでも根を伸ばし、夏の間に葉を蓄え日差しを受けて栄養を溜め、どんなに厳しい岩場でも、健気に花を咲かせる。あの花をウィルヘルムの花と呼んで、我々は大切にしているんだ」

岩場の植物を見つめる目は、今は咲いていない瑠璃草の花を思い浮かべているようだ。

「俺は、侯爵の豪華な庭で、誰にも気づかれないような瑠璃草を必死に救おうとしていたレイニーと出会った。そしてその直後に侯爵からレイニーとの縁談を聞かされて、貴女を妻にしようと決めた。

運命だと思ったんだ」

視線を逸らしたまま、彼はそう呟く。横顔の耳元が赤くなっているのが、飄々とした顔をした彼の印象を裏切っていて、なんだか胸がきゅうっと締め付けられた。

「後一月で……ヴィルヘルム城で結婚式を行うことになっているが……」

彼が振り向いてじっとレイニーを見つめた。その真剣な緑色の瞳に吸い込まれそうになる。

「貴女は本当に……構わないだろうか。俺の妻になっても……」

ジークヴァルドの言葉に、レイニーは目を見開いた。そもそも貴族同士の婚約なので、彼女の了承を得る必要なんて一つもないのに。

（私が嫌だって言ったら、この人はどうするんだろうか……）

一瞬そんなことを考える。だがそう言えば、なんだかんだと理由をつけてレイニーを侯爵の元に戻そうとしてくれるのだろうということまで想像がついてしまった。

（ここに来てから二週間しか経っていない。それしか一緒にいないのに……）

自分でもとても不思議だと思う。けれど、ジークヴァルドがあの侯爵の庭での短い出会いに、何かを感じたというのなら。きっと今の自分も……。

（今、ここでこの人と、こうしているのも何かの運命だろう……）

自然と言葉は口をついて出ていた。

「――はい。構いません。よろしくお願いします」

大きく息を吸って、彼の目を見て一気にそう答えると、彼はホッとしたように肩から力を抜いた。

次の瞬間、手を伸ばしレイニーの頬に触れた。

「——っ」

彼がレイニーの頬を優しく撫でて、至近距離でじっと自分を見つめていることに、言葉を失ってしまう。

「すまない。……結婚式で初めて口づけをするのでは、不慣れで失敗しそうな気がして」

そう困ったように呟く彼に、頭が真っ白になる。

(く、口づけ……)

「今、練習、させてもらえないだろうか」

目尻を下げて尋ねる彼に、全身の血液が沸騰するような感覚になる。

(い、いいよね。だって……後一月で結婚するんだから……)

いっそ強引にされてしまう方が気も楽かもしれない。でも問うように見つめている彼の優しさもとてもありがたいと思う。レイニーは緊張しながらも微かに頷いた。

するとジークヴァルドは固まったままの彼女の頬を軽く引き寄せ、そっと彼女の唇に、触れるだけのキスをする。

少しかさついた彼の唇を自らの唇ではっきりと感じた瞬間、レイニーは自分から蕩けるほど甘い香りが上がってくるのを、困惑とときめきの狭間でしっかりと感じ取っていたのだった。

第四章　婚礼と初めての夜

「お仕事、お疲れ様でした」

町歩きから二週間後。ジークヴァルドは国境警備からウィルヘルム城にようやく戻ってきた。

秋が冬に変わりつつあるこの時期、雪が降り始めるとあっという間に積もってしまうウィルヘルムでは、積雪がある間は国境線を越えて略奪を行う蛮族の襲撃が減る。それゆえ秋は少しでも貴重な食料を得ようと国境線を突破しての強奪が増えるため、その一番危険な時期は領主自ら警備を行っているのだという。

「しばらくはこちらで過ごされるんですよね？」

向かい合わせに座ってお茶を飲んでホッとしている様子の彼に尋ねると、小さく頷く。

「ああ。例年ならしばらくは城でのんびりするのだが、今年はそういうわけにはいかない」

まだ何かあるのだろうかと思って彼を見ていると、顎のあたりを指先で掻くような仕草をする。

「……貴女との結婚式があるからな」

照れた表情をした彼にそんなことを言われると、再びじわっと恥ずかしさが込み上げてくる。

あまり会話の多い人ではないが、側にいるとなんだか落ち着く。近づくといつも深い森のような心地良い匂いがして、ついもっと近づきたい気持ちになってしまって、そんな自分に戸惑う。

「……どうかしたか？」

横でぼうっと彼の顔を見ていたら、心配そうに尋ねられてしまった。

「いえ、あの……なんでもないです……」

なんと答えていいのかわからず、あいまいな返事をしてしまった。彼が戻ってきてホッとしているのに、なんだか不安な気持ちもあって落ち着かない。

ますます彼に惹かれている。思い返してみれば最初出会った時から、あんなたくさんの髭を生やしていてぶっきらぼうで怖そうに見えたのに、それでも彼の印象は決して悪くなかった。

（それに……命まで助けてもらったもの……）

輿入れの日、彼が救いに来てくれなかったら、今頃どうなっていたことか。そう思うたびこの城に来てから何度もレイニーは身を震わせるような恐怖を覚えた。だが彼の城の中で、不安な思いをさせられたことは一度もない。不快な思いもだ。それは彼がウィルヘルムの人々から尊敬され、慕われており、その尊敬の念が城の人々達からのレイニーへの配慮にもなっているからだろう。

（優しい領主だったアルクスのお父様と同じような、領民を愛し守ろうとする志を持つ人なんだ）

そう思った瞬間、アルクスの人達のことを思い出す。もしかして彼らはもうレイニーのことなど忘れているかもしれない。けれど彼女の方は親と共に自分を愛してくれた人達のことを未だに忘れることができないのだ。

（ごめんなさい……。だからまだジークヴァルド様に、本当のことを言う勇気が持てない……）

口止めをされていることを、彼に話してしまったら、そしてそのことでジークヴァルドが侯爵に不満を伝えたら、アルクスへの援助にも影響あるかもしれないのだ。

突然黙り込んでしまった彼女を見て、彼は椅子から立ち上がり、彼女の横に座るとその手をそっと握った。

「何か心配ごとでも？」

尋ねられても、レイニーは首を左右に振ることしかできない。そんな彼女の髪に触れると、ジークヴァルドは耳に彼女の髪をかける。ぎこちなく髪を撫でてくれて、心配しなくていいのだと伝えてくれているみたいだ。大きな体と相反する繊細な気遣いに、胸に溜めていた息をホッと吐き出す。

「……貴女に一つだけお願いしたいことがあるんだが……」

目線が合うと彼はまた顎のあたりを指先で掻き、微かに耳を赤くしながら、少し下を向いた。

「は、はい。なんでしょう」

レイニーが答えると、彼は視線を逸らしたまま話を続ける。

「……少しでも安心してもらえるように、貴女を抱きしめさせてもらっても？」

その言葉にレイニーは思わず目を大きく見開く。彼の耳が真っ赤なのを見た途端、胸に熱いものが押し込まれたように、心臓が激しく鼓動を打った。それでもレイニーは声が引っ繰り返らないように微かな声で頷く。

「は、はい……」

彼女の答えを聞いた彼は視線を少しだけ逸らしたまま、そっと真綿で包み込むように柔らかくレイニーを抱きしめた。温かくて懐かしい抱擁のはずなのに、心臓がドキドキと暴れ回っている。それなのに近づきたい、慕（した）わしい気持ちが起きてきて、彼の胸に顔を寄せた。

ふと、彼の胸から、微かに冬が始まる匂いがした。

＊＊＊

雪が降ると一気にウィルヘルムは冬に向かっていく。そんな中、領主の結婚という一大行事を控え、城の中は例年とは違う賑（にぎ）やかな冬を迎えている。レイニーは彼に自分の力のことについて、伝えるべきか散々迷い、結局彼が関係ないと言ったことを根拠にそれを言えずにいた。だが彼への気持ちが増すほど、黙っていることが辛くてたまらない。そしてその一方で、本当のことを告げたら、彼が離れていってしまうかもしれないという恐怖も捨てきれないのだ。

（もちろん、尋ねられたらちゃんと答えるつもり……）

けれど嘘をついていない、というギリギリのところで自分を納得させて、彼との幸せを望んでしまう。時折つい不安な顔をしてしまっても、優しいウィルヘルムの人達は結婚直前で気持ちが不安定なのだろうと、いつだって安心させるような言葉がけをしてくれるのだ。

（本当に、ここの人達は優しくて……余計に王都には帰りたくないって思ってしまう）

レイニーが日々悩んでいる間に、ついに二人の結婚式の日を迎えていた。

朝から雪国にしては珍しい青天が広がっている。窓からは雪が積もり反射して明るい光が降り注いでいた。

窓の外を見れば、続々と家門の貴族達が領主に祝いをするために集まって来ている。そんな誰も彼もがそわそわしている中、レイニーは一生に一度の婚礼の支度に追われていた。

「レイニー様、本当に……とてもお綺麗ですよ」

美しく化粧された鏡に映ったレイニーを見て、ヤスミンを始めとした侍女達が歓声を上げる。レイニーは真っ白な雪のような衣装を身に着け、先日の贈り物とは別の、婚礼衣装に似合う銀の狐から取った貴重な毛皮をショールにしたものを羽織っている。

「まるで雪の妖精のようですね」

「本当に、ジークヴァルド様もきっとお喜びになりますわ」

そう言って口々に褒めてもらえるのは嬉しいのだけれど……。

（宝飾品が……一つもついていないのはどうしてだろう？）

ドレス、しかも婚礼衣装なら必ず付けるであろう宝飾品が、胸元も耳も何もついていなくてスカスカだ。別に贅沢なものでなくてもいいのだけれど、何も付けないわけにもいかないのではと不安に思っていると、廊下の方から男性の声が聞こえてきた。

「あ、来ましたね」

「それでは私達はいったん下がらせていただきます」

にっこり笑ったヤスミンを筆頭に、一斉に侍女達が退室していく。

急に人がいなくなり驚いているレイニーの元にやってきたのは……。

「ジークヴァルド、様」

美しい細工のされた箱を大切そうに胸の前で持っているジークヴァルドがゆっくりと歩み寄ってくる。慌てて椅子から立って振り向き彼を迎えると、彼は辺境を治める伯爵家当主らしく、貴族衣装ではなく式典用の騎士の正装を婚礼衣装にしている。モチーフや色合いはレイニーのものとお揃いだ。

「レイニー……」

ジークヴァルドはレイニーに呼びかけたまま、声を失った。お互いに見蕩れて暫し黙ってしまう。

(ジークヴァルド様の装い、騎士の正装が本当に素敵で似合っていらっしゃるわ……)

最初は怖いと思った大柄な彼の体格も、今は男性らしくて頼り甲斐があって魅力的だとひそかにレイニーは感じている。抱きしめられた時にすっぽり収まってしまう感覚も……。

「とても……綺麗だ」

ひそかに思いを深めている相手から、堪えきれなかったようにぽつりと言われた言葉。たった一言だけで、じわっと体温が上がってくる。一番そう思って欲しかった人に言われて、レイニーは嬉しくて、真っ赤になりつつ自然と笑顔に見せていた。

「ジークヴァルド様も……とても素敵です」

照れた表情で告げると、彼は一瞬グッと息を詰めるような表情をする。何かを堪えるように持っていた箱を握りしめかけたが、パキッと箱が乾いた音を立てた途端ハッとする。彼はようやく何をすべきか思い出したらしい。

「貴女に……これを贈ろうと思って持ってきたんだ」

そう言うと、ジークヴァルドは持ってきていた箱を開けて彼女に見せた。そこには箱とお揃いの白いベルベット生地の上に、大粒の美しい紫色の石を贅沢にいくつも使用した、一揃えの首飾りと耳飾りが置かれている。

「最近、ウィルヘルムで希少な鉱石が見つかった。これから販売経路を作っていく予定だが、それがこのウィルライトという貴石だ。そしてこれは最初に発掘された中で、最も大きく美しい石を使って作った一揃えなんだ」

「とても綺麗な石ですね……」

アメジストのような色合いの石だ。希少故、その価値が天井知らずとは知らないレイニーがうっとりとしたため息と共に言うと、彼は悪戯っぽく微笑む。

「今度はこっちで見てもらいたい」

何故か彼は窓際に行って、テーブルに箱を置く。それから雪の反射が眩しすぎるからと閉められていたカーテンをすべて開けて、テーブルの前で彼女を呼んだ。

なんだろうと思いながらレイニーが近づいて行く。だが驚いて足が止まってしまった。何故なら先ほどまで紫色に見えた宝石は、まるでジークヴァルドの瞳のような、鮮やかな緑色に変化していたからだ。

「……え？」

自分の目がおかしいのかと思って、しげしげと石を見つめるが、やっぱり緑色だ。

思い通りの反応にくすりと笑ったジークヴァルドは、今度はカーテンを閉めて代わりに灯（あか）りを持ってくる。

「やっぱり……紫色、ですよね……？」

暗くなった部屋で室内の黄色い灯りの下では、宝石は再び紫色になる。

「ああ、面白いだろう？　この貴石は灯りによって色変わりをするんだ。日差しの下では緑に、室内の灯りの中では紫に」

彼女にもう一度椅子に腰かけるように言う。

「ウィルヘルム特産の宝石を、結婚の祝いとして貴女に贈りたい。……俺が付けていいだろうか」

レイニーは自分のがら空きだった首元と、耳を飾るためにこの宝石が用意されたのだと理解して彼の言葉に頷く。

ジークヴァルドは彼女の後ろに回ると、貴重な色変わりする宝玉をあしらったネックレスを付けてくれた。そしてイヤリングもつけると二人で鏡を覗き込む。そこには豪奢なネックレスと大粒の石がついたイヤリングを付けた自分と、揃いの衣装を身に着け傍らに立つジークヴァルドの姿があった。

(私達、夫婦らしく見えるかしら……)

自然とそんなことを思ってしまう。けれど自分達は恋して結ばれる夫婦などではなく、始まりは隣の厄介な領地から一方的に押しつけられた婚姻関係なのだ。改めてそう考えると胸がぎゅっと締め付けられるような気がした。

鏡の中のレイニーは、白絹に白と金の刺繍がふんだんに施された婚礼衣装を身にまとっていた。これはウィルヘルムで代々領主夫人となる女性に引き継がれていたという歴史のある衣装だ。それにジークヴァルド自身が捕らえたという、銀色の艶やかな毛並みが美しい狐毛のショール。そして今、彼がつけてくれた、ウィルヘルム特産だというウィルライトを使用した豪華で綺麗な宝飾品。

建国以来ずっとこの国の北の境界線を守っていたウィルヘルム家を象徴する最高級品ばかりだ。

(全部、侯爵の養女に過ぎない私には、ふさわしくなんて……ないのに)

「気に入ってもらえると良いのだが……」

ジークヴァルドはレイニーがそんなことを考えているとは気づいていないのだろう、控えめにそう尋ねた。だが素晴らしい贈り物ばかりを身に着けて、レイニーは申し訳なさに恐縮してしまう。

「どれも本当に……素敵、です……」

申し訳なくて、でもありがたくて、涙が零れそうだ。

「ああ。貴女にぴったりで良かった……」

満足げな彼が一つ手を叩くと、一斉に侍女達が戻ってくる。そしてレイニーがウィルライトの宝飾品を身に着けた姿を見て、絶賛の声を上げた。

「この宝石がウィルライトなんですね。……すごく素敵です」

「まるでレイニー様と、ジークヴァルド様の瞳のようで……まさしくお二人のための宝飾品ですね」

「これで完璧な婚礼衣装になりましたね。さあ。そろそろ教会に移動する準備をしませんと」

「……きっとレイニー様のお身内の方がご覧になったら、喜ばれたでしょうね」

ぽつりと呟いたヤスミンの言葉に、今日の素晴らしい衣装をつけた自分を両親に見てもらえたら、どれだけ嬉しかっただろうか、とレイニーは思ったのだった。


そして始まったのは、城内の教会で挙げる結婚式だ。ウィルヘルム家門の貴族達が集まっている教会内には、レイニーの身内は一人も存在しない。だが穏やかな表情で見守ってくれているヒルデガルドの顔を見たら、何故かホッとした。

美しいウィルライトの宝飾品を身に着けたレイニーは、式に集まった貴族達から見ても、辺境伯当主にとても大切にされている、と思われたようだ。入場の時にはたくさんの拍手があって、自分がこんな風に祝福されていいのかと、不安になってしまった。

「それでは誓いの口づけを……」

婚礼の儀式は何の問題もなく進み、司祭の言葉に、レイニーはドキンと心臓を高鳴らせながらも彼と向かい合う。ショールを上げた彼の優しい緑の瞳と目が合う。お互い緊張しているが、彼の手が微かに震えているのに気づいて、余計にカチカチになってしまった。

（こ、こんなたくさんの人が見ている前で口づけなんて……）

失敗したらどうしようと不安になったが、彼女が震える瞼を閉じていると、彼の近づく気配がして、先日練習していたように、一瞬彼の唇が重なった。あたりからは一斉に拍手が起きる。

（なんとか……無事にできたみたい）

ホッと息をつき目を開ける。すると司祭が出てきて、参列者に向かい合うように立った。レイニー達もその後ろで参列者の方を向いて立つ。

司祭は先ほど二人が書いた結婚誓約書を持って、参列者に向かって掲げ上げた。

「こちらの儀式を持って、ウィルヘルム辺境伯爵ジークヴァルド様と、その妻レイニー様のご結婚が相成りました。皆様拍手でお迎えください」

司祭の言葉と共に、一斉に拍手と祝福の言葉があちこちから飛び交う。

「では行こうか……」

手を差し伸べてきたジークヴァルドの腕に触れて、レイニーは教会の中央を通る。多くの貴族達からお祝いの言葉をもらいながら、披露のために用意された会場に向かってゆっくりと歩いて行った。

宴ではウィルヘルムの貴族達が次から次へとやってきては、辺境伯夫妻となった二人に挨拶をする。

「ご結婚おめでとうございます。私は今までジークヴァルド様のように、剣術に励むことを目標としていましたが、今年、新たに素晴らしい家庭を作るという目標を得ました。私もレイニー様のような素敵な女性を伴侶としたいと思います」

「ああ、ジークヴァルド様は立派になられたものだ。亡き前辺境伯がご覧になったら泣いて喜ばれたのではないか」

「確かになあ……。幼い頃は意地を張って高い木に登って、降りられなくなってベソをかいていたジークヴァルド様がご結婚とは私も年を取るはずだ……」

「……そういう話は妻の前では勘弁してもらいたい」

若い騎士や貴族達は憧れるような言葉で、少し年を取った貴族達はまるで我が甥のように領主の結婚を祝う。からかうような言葉にジークヴァルドは苦笑いをし、周りは慶事にみな明るい表情を浮かべ楽しげに会話が続いている。

にっこりと笑って話しかけてくるのは、ジークヴァルドの従兄弟で、銀狼騎士団の副団長を務めている子爵家当主のランドルフだ。どうやら彼はジークヴァルドとはとても仲がいいらしい。レイニーもジークヴァルドが彼と話をしている様子を、城の中で何度も見かけていたので、改めて挨拶の機会を得られたことを嬉しく思う。

「レイニー様、ジークヴァルド様は、本当にこのたびの結婚を心待ちにしていたんですよ」

「そう……なんですか？」

驚きながら夫の顔を見上げると、彼は耳を赤くしてそっぽを向いている。でも表情は柔らかくてなんだか幸せそうに見えた。

「そうであったら、とても嬉しいです」

照れながらもレイニーが言うと、ランドルフは愛想のいい笑みを浮かべ頷いた。

「しかもレイニー様は、さっそくヒルデガルド様とも良い関係を築いていらっしゃると聞いて、私もホッとしました。ヴァルとは小さな頃から兄弟のように育ってきましたが、女性関係にはてんで疎くて興味もなかったので、今回、素敵な女性とご縁があって私も安堵しましたよ」

途中からヴァル呼びに変わってしまったが、誰もそれを指摘しないあたり、彼らの関係の良さがよくわかってなんだか微笑ましく思えた。ジークヴァルドにとって大切な人がレイニーとの結婚を喜んでくれている事実が純粋に嬉しい。

「ああ、ランドルフは以前から、俺に早く妻を娶れと煩かったんだ。こう見えても彼は愛妻家だから。……だが待っていて良かっただろう？　レイニーのような女性が妻になってくれたんだから」

少しお酒も入っているのだろう、普段より饒舌な彼の言葉にドキッとしてしまった。

（妻……。そうか私、ジークヴァルド様の妻になったんだ……）

その言葉がまだ聞き慣れない。けれど同意を得るように、そっとレイニーの手に触れるジークヴァルドの指先にときめいていしまう。彼を見上げると、視線に気づいた彼と目が合う。恥ずかしさを堪えて微笑むと、彼は困ったような顔をして、また顎を指先で掻く。その仕草が彼の照れ隠しだと最近わかってきたから、胸の中がじんわりと温かくなる。

(あぁ、こんなに……幸せでいいはずがない……)

そう思いながらも、誰も彼もがジークヴァルドの結婚を祝っているようで、自分も一緒に祝福されているような気持ちになってしまう。

そして貴族達は町を訪問した時の領民の歓迎ぶりを聞き、レイニーがヒルデガルドと親しげに会話しているのを見て、彼女のことを新しい領主夫人として認めてくれていたようだった。その様子にレイニーはジークヴァルドに迷惑がかからなくて良かった、と心から安堵した。

その後、婚礼披露の宴の途中で抜けたレイニーは再び風呂に入ると寝間着に着替え、ガウンを羽織った状態で夫婦の寝室に案内されていた。

(なんだか……今日はたくさんの人と会って、ちょっと疲れているかも……)

そっと窓から外を見る。祝いの日ということで、城中に贅沢に灯(とも)りが灯されているため、外は仄(ほの)かに明るい。まだ宴は続いているらしく風に乗って音楽や、時折わっと笑いさざめく声が聞こえる。

賑やかだが、レイニーはそんなことにすら意識が向かっていなかった。

(……そう、今夜は……)

そういったことに疎いレイニーであっても、さすがにこれから何があるかは理解している。恥ずかしいのであまりいろいろ考えないようにして、心の中で呪文のように唱える。

（新婚初夜は、旦那様にまかせておけばいい……）

短い時間だったが、侯爵邸で学び直した時に、『新婚初夜の心得』として教わったことだ。正直何の役にも立たなさそうだが、その言葉を思い出しレイニーが決意を固めていると、小さく扉がノックされた音がした。

「は、はいっ」

この部屋に入ってくるのは夫となる男性しかいない。緊張しつつレイニーは座っていた椅子から立ち上がる。

「今日は……疲れたのではないか？　領内の貴族達が散々話しかけてきたからな」

ガウンを羽織った彼は手にお酒と軽食を持ってこちらに近づいてくると、テーブルの上に置いた。

「緊張していただろう？　それに食事もあまり取れてなかっただろうから、少しつまみながら酒を飲まないか？」

いきなり初夜が始まるのかと顔を強ばらせていたレイニーは、その言葉に肩から力を抜いて、彼の前に座って彼が持ってきたボトルから二人分のお酒を注いだ。

「乾杯」

「乾杯。……いただきます」

杯に口を付けると、かなり軽いお酒で甘くて飲み心地も良い。用意されていたつまみも、軽食になるようなものが多く、一口お酒を飲んだレイニーは意外とお腹が空いていることに気づき、彼の気遣いをありがたく思う。

「そうだ。この間国王陛下に会うために髭を剃った、と言ったが、あれは……嘘だ」

「え、嘘、ですか？」

唐突な話にレイニーは彼の顔をじっと見る。今の彼の頬には髭はなく、二度目に会って以来ずっと、綺麗に剃られている。すると話し始めたジークヴァルドの方は、チラッと彼女の顔を見ると耳の先を少し赤くして視線を斜め下に落とした。

「じ、実はレイニーとの縁談を受けた後、次会った時に、少しでも良い印象を持って欲しくて……剃った」

言いながらレイニーの様子を窺うように、ゆっくりと彼が視線を上げてくる。視線が合った途端、彼の耳の先だけではなく、付け根まで真っ赤になっているのを見て、彼の言葉が本当のことなのかもしれないと、心臓の鼓動が早鐘を打ったようにドキドキと速度を速めた。

「あの、私の……ために、髭を剃ってくださったんですか？」

最初ヤスミンに言われた時に、そんなわけはないと確信しながらも、じんわりと体が熱くなったことを、レイニーはありありと思い出す。

「ああ。……髭を生やしている俺は、蛮族のように恐ろしく見えるんだろう？　若くして爵位を継ぐことになったから、王都で狡猾な貴族達と渡り合うには、髭を生やして厳つい印象を持たれれば多少は箔が付くかと思って、あんな髭面をしていたが……」

彼は困ったように眉を下げた。

「女性からはただ怖いだけだろう？　貴女に嫌われたくなかったんだ……。きっと俺は初めて貴女に逢った日から一目惚れしたんだと思う」

彼の言葉がようやく実感として脳に染み入ってくると、それに反応するかのように、じわじわと体が熱くなってくる。そんなレイニーを見て、彼は彼女の手を取って、そっと自分の頬に触れさせる。

「だから……少しでも貴女に好印象を持ってもらいたくて、剃った」

彼の頬はじんわりと熱くなってきていた。レイニーはほとんど無意識で、彼の髭が蓄えられていた頬を、指でそっと撫でる。

「そう、だったんですか……」

じっと間近で視線が重なると、触れている彼の頬がますます熱を帯びていく。それを感じた途端、レイニーもじわっと熱が上がってくるみたいだ。

「貴女は……この結婚を、そして俺のことをどう思っているのか聞かせてもらえないか？」

至近距離でまっすぐ見つめられ、レイニーは必死で自分の言うべき言葉を探す。

「私、は……」

本当のことを今、言ってしまいたい。けれど本当にそこまで彼のことを信じて良いのか。先ほどのお酒の酔いも相まって心臓の鼓動が速くなる。ゴクリと息を飲むと、ゆっくりと息を吐き出した。

「ウィルヘルムの人達は、優しくて温かくて……」

そこまで言うと、レイニーはポロリと涙が零れた。

「私、この領地に輿入れできて、ジークヴァルド様の妻になれて、本当に良かったと思っています」

途端に涙がボロボロ零れてきて、慌てて指先で涙をいくつも掬い上げる。すると彼は涙が溢れる目尻に口づけをした。

「……そうか、ありがとう」

そっと大切な宝物のように抱きしめられて、レイニーは彼の胸に頬を付ける。今は額に彼がキスを落としている。

「女性に慣れてないから、何か痛いこと、辛いことがあったら教えて欲しい」

それだけ言うと、彼はレイニーを抱き上げてしまった。慌てて彼の首に手を回ししがみつくと、彼は危なげなく彼女を抱いたまま歩いていく。

結婚式というのは、本当に一日いろいろなことがあって大変で、わかっているようで今一つ、新婚初夜というのがどういうことなのか、頭の中でしか理解していなかったかもしれない。だが彼の腕に抱きかかえられて、ベッドに向かっている今、彼の体温を感じて、彼の匂いに包まれてようやく実感が湧いてきた。

(だから、私の気持ちを確認してくれたんだ……)

改めて気づくと心臓が喉から出てきそうなくらいドキドキしてしまう。

今までの口下手で無愛想な様子はどこに行ってしまったのか、ジークヴァルドはレイニーをベッドにおろすと、優しく髪を撫でて、彼女の額や頬に、いくつもの口づけを落とす。

それはまるで、愛し合う二人の待ち侘びた初夜のように思えて、レイニーはお酒の酔いも相まって、心臓が壊れるのではないかというほど高鳴っている。

「……嫌だったら、貴女の気持ちが受け入れられるようになるまで我慢する」

彼の口づけを熱心に受ける、というよりはどこか呆然としている彼女に気づいたのか、散々唇を降らせてから、彼はじっと彼女の顔を見て、切なげに尋ねてきた。彼の顔を見ていたら、じわっと胸の中がまた温かくなった。

（貴族の婚姻で、初夜にそんなことを尋ねてくれる人が他にいるんだろうか……）

少なくともカスラーダ侯爵側では政治的な意図があって持ち込んだ縁談だろう。それにたとえ両者の合意によってなされた結婚だったとしても、少しでも早い時期に跡継ぎを求めるのは当然のことだ。

「やっぱり、ジークヴァルド様は優しいんですね」

答えが返ってこなくて、レイニーの頬に触れたまま止まってしまった彼を見て、なんて可愛い人なのだろうと思ってしまう。こんなに大きくて立派な体格で、若くしてこの領地を治めている、世間から恐れられている辺境伯なのに……。

手を伸ばし、自らも彼の頬に触れる。そっと撫でて思いがけずなめらかな肌触りに笑みを浮かべる。

（そっか、私のために、剃ってくれたんだ）

その事実が何度でも噛みしめたくなるほど、なんでだかすごく嬉しい。じっと静かに彼女からの返答を待っている彼に、レイニーは答えた。

「我慢しなくて構いません。……私は、貴方の妻になったのですから……」

そう答えた瞬間、彼はレイニーをベッドに縫い止めるようにしっかりと押しつけた。耳元で掠れた声が聞こえる。

「本当に構わないんだな」

吠えるような低くて深い声を聞いた瞬間、全身がゾクリと戦慄した。けれどそれは怖いとか、嫌だというものではなくて、彼の方に体が引き込まれていくような不思議な感覚だった。微かに彼女が頷くと彼の体温が上がる。刹那、レイニーはいつも好ましく思っていた彼の香りにしっかりと包み込まれた。

「良かった……レイニーが俺を受け入れてくれて」

レイニーはその言葉にハッと胸を突かれたような気持ちになる。レイニーが不安だったのと同様に、彼もまた不安だったのかもしれない。

「すみません、不安にさせて……」

咄嗟にそう言うと、彼はレイニーを見て微かに笑った。

「……そうだな、失敗するわけにはいかないと、気負っていたからな」

レイニーの手を取ると、そっと指にキスをして、そのまま顔を寄せた。

（……キス、される）

最初のキスは練習で、二度目のキスは結婚式の儀式だった。

（だったら、三度目のキスは……）

誰も見ていない、二人きりの理由もないキスだ。まるで彼がその行為を望んでいるみたいだ。自然と少しだけ唇が緩む。

（キスしたい、って思ってくれたのかな……）

これから初めての交わりをするから、そのための準備かもしれない。でもレイニーは彼が『したいからした』と思いたい。

一度触れた唇は、もう一度今度はぴったりと重なり合う。やっぱり彼の唇は少しかさついていて、後で唇用のバームを塗ってあげたい、なんて考えていると、緩く唇が開き、彼の舌が彼女の唇を軽く舐(な)めた。

驚いて息を吸うと、開いた唇の中に彼の舌が入ってくる。微かに先ほど飲んだお酒の匂いがして、酔いが一気に回ってしまったと思ったのは、体中が熱いからかもしれない。

「んっ……んぁ……」

必死に付いていこうとするが、何故かクラクラしてしまう。上手く呼吸ができなくて、咄嗟に彼の腕を掴んでしまった。

「す、すまない……」

ハッと気づいた彼が顔を上げる。彼が身を引いて、彼女の手を掴んで引っ張ってくれたので、二人してその場に座り込む。レイニーは空気を思いっきり吸って、はぁ、と人心地ついた。

「すみません、どうやって呼吸したらいいのか……」

と言いかけた時、ハッと気づいた。

(普段口で息してないんだから……口が塞がれたら、鼻でしたら良かったんだ!)

かなり動揺していたらしい。解決策に自分で気づけてホッとして笑顔が出る。

「でももう、大丈夫です。鼻呼吸します!」

気づけた自分が嬉しくて思わず笑顔になると、彼は困惑したように口元を覆い、小さく息をついた。

「はぁ……貴女は可愛すぎて……どうしていいのか困る」

それから彼は真面目な顔をして、レイニーに話しかけた。

「今夜、無理に最後までしなくてもいい。痛かったり辛かったりしたら、今みたいに教えてくれ。俺達はこれほど体格が違うから……」

そっと抱き寄せられて彼の体にすっぽりと包まれてしまう。けれど今一つ彼の言っていることにピンときていないレイニーはその言葉に小さく頷く。彼の腕の中で頬を撫でられて、もう一度口づけられる。今度は押し倒されることはなく、ベッドの上で抱き合ったままキスをする。それから少し身を離すと、ジークヴァルドはレイニーの肩を撫で、首筋に触れてガウンをそっと脱がせた。

「あ、あの……」

上半身がはだけられると、恥ずかしさに体が震えた。そっと両手で胸元を抱きしめるようにして肌を隠す。

「寒いか？」

尋ねられて、ふるふると顔を横に振ってから、少し視線を逸らしつつ、彼の問いに答える。

「部屋は十分に暖かいので大丈夫です……が、灯りを……消していただきたいのです」

明るいままではすべてが彼の目の下にさらされてしまう。夫婦としての交わりをするのは、貴族としての当然の義務なので、嫌だと言うつもりはないが、それでも痩せて貧相な体を見せるのは恥ずかしくて耐えきれそうにない。

レイニーの言葉にジークヴァルドはハッとしたように枕元に付けられていた灯りを消す。先ほど酒を酌み交わしていた隣の部屋から少しだけ光が漏れているが、そのくらいは仕方ないだろう。

「これで、いいだろうか」

暗い部屋でそう尋ねられて、レイニーはようやくホッとする、衣擦れの音がして、彼が羽織っていたガウンを脱いだのが気配でわかった。

（このくらい、見えていなかったら……大丈夫）

彼の姿がぼんやりとしかわからないことに安心して、レイニーは再び彼の手でベッドに横たえさせられた。

「……さすがにちょっと暗い、な」

少しだけ彼が不満そうに声を上げる。

「すみません……」

咄嗟に謝ってしまうと、彼が小さく笑みを浮かべた。

「いや、違う。俺が貴女の姿が見えなくなって残念なだけだ……」

彼は次の瞬間気を取り直したように笑う。

「その分、体で貴女を感じるようにしよう」

彼の呼気が首筋に触れ、彼の指が胸の膨らみに伸びる。

「貧相で……すみません」

また謝ると、彼は何も答えず胸元にキスを落とす。思わずゾクリと体が震えてしまった。

「他の女は知らん。俺にとって女は一生、貴女だけだ……」

その言葉はぶっきらぼうだけれど、不安で自信のなかったレイニーの胸にグッと刺さった。

(他の女性とは……経験がないってことなのかな……)

生真面目で優しい人なのは既にわかっている。だからもしかしたら、正式に結婚するまでは、そういうことをしないできたということはあるかもしれない。

「私なんかで……いいんですか?」

親を亡くして以来、誰にも大事にされてこなかった。必要な能力すら失い役に立たない上に、厄介な相手から押しつけられた結婚相手だ。彼は否定してくれたけれど、それでも未だに自分に自信なんて持ちようがないのだ。

「俺は……貴女が、いい」

ぽつりと囁くと、彼はレイニーの首の後ろに腕を回し、背中にもう一方の腕を回すとぎゅっと抱きしめてくれた。じわっと熱が込み上げて来て、また泣きそうになってしまう。

「あぁっ」

だが次の瞬間、ジークヴァルドに胸の先に吸いつかれて思わず声を上げてしまった。自分では聞いたことがないほど甘くて切なげな声が出た。彼は胸に唇を押し当てたまま、「その声、いいな」と呟く。

「——え?」

「貴女の喘ぎは色っぽくて、ゾクリとした」

胸に唇を押し当てながら囁かれると、呼気の震えが濡れた胸の先を刺激する。自分もゾクゾクとした感覚に襲われ、これが男女が触れ合う、ということなのかと気づく。

「貴女の胸は柔らかいのに」

ジュッと音を立てて先ほどより荒々しく胸の先を吸われ、きゅっとお腹の奥が疼くような気がする。

「あぁ……ん」

「先はもう、感じて硬くなっている。……良い体だ」

それだけ言うと、彼はまるで赤子のように夢中になって、左右の胸を代わる代わる吸う。吸われるたびにレイニーのお腹の奥で起きたゾクゾクとした感覚は、なんだかチカチカするような鮮烈なものに変わっていく。

「は、ぁあっ……ダメ、そんなに、されたらっ」

彼の大きな手がレイニーの下腹部を撫で、ゾクゾクした感覚は全身に広がっていく。背中に彼の手が回り、抱えるようにして再び胸を貪られる。

(あぁ、この人に体を食べられているみたい……)

ぴちゃ、くちゅ。じゅっ……。

淫らな音が途切れることなく胸元から聞こえ、なんだか頭がクラクラしてくる。けれど『食べられている』という感覚はけして嫌ではなくて、それどころか正体のわからない悦(よろこ)びのような感じが、じわじわと沸き上がってくる。

(私、こんなに……この人に望まれている)

それが、涙が出るほど嬉しい。

「あぁ、たまらない……」

ぽそりと彼が呟く声に、歓喜の感覚が込み上げてくる。彼は背中に回していた手を徐々におろし、腰のあたりを持ち上げ、名残惜しそうに胸の先にキスをすると、下腹部に唇の位置を下げてくる。左手で腰を抱え上げると、右手で下腹部を撫でてそのままレイニーの淡い繁(しげ)みを掻(か)き分(わ)けた。そろりと蜜口に指を伸ばす。指先でそこが開かれる感覚があって、恥ずかしいのに背筋が総毛立つような背徳的な悦びの感覚が起きた。

「んっ、そこは……」

女性の秘部を彼の指に暴かれてしまう。恥ずかしさでピクリと体を震わせた瞬間、ぴちゃりという粘度の高い水音がした。

「……俺の愛で方が間違ってないようでよかった」

ジークヴァルドは欲情で声を掠れさせる。女性を感じさせたことを素直に喜ぶような表現に、彼の愛撫でレイニーがたっぷりと濡れていると知らされた。レイニーは結婚前の教えで、女性は閨事で快感を覚えるとそこが濡れるのだと知っている。

（私、ジークヴァルド様に愛撫されて……たっぷりと濡れてしまうほど気持ちよくなってしまったんだ……）

恥ずかしくてかぁっと全身の血が沸騰するような気がする。両手で顔を覆い、羞恥心に耐えるように顔を左右に振る。

だが彼は容赦なく彼女の細い腰を引き寄せると、自らの膝の上に載せ、膝の裏に手を置くとそこを大きく開かせた。ゴクリと唾を飲む音が聞こえる。

「レイニーの花は……可憐だな」

彼の言葉にレイニーはハッとしてしまう。目が暗闇に慣れて、あまり見えなかった彼の顔が目視できるようになっている、ということは……。

（私の恥ずかしい部分も全部……）

突然それに気づいて慌てて手をその部分に押し当てて隠す。そうしながら彼の様子を窺うと、何故かレイニーの顔を見て、眉を下げている。

次の瞬間、彼はため息をこぼす。

（どうか……したんだろうか。私の体に何か問題が？）

両手で股の部分を隠しながら、彼と目を合わせるという不思議な状況になっていることにも気づかずに、レイニーは彼と顔を見合わせていた。

「レイニー、貴女の体は俺を受け入れるには小さすぎるかもしれない……」

雨に降られるなか、打ち捨てられた大きな犬のような、そんな悲しげな表情をしている彼を見て、こんな時なのにレイニーは少しだけおかしくなってしまった。……なんだか励まさないといけない気分になる。だからそっと彼の手を取り、力付けるように微笑みかけた。

「大丈夫です。貴方がどれだけ大きいのかわかりませんが……赤子の頭より大きいってことはないですよね」

そう声をかけると彼がキョトンとした顔をする。

「でしたらきっと大丈夫です。女性の体は赤ちゃんを産めるように作られているんですから」

その言葉にジークヴァルドはぱっと表情を明るくした。

「出られるということは……。そうか、俺の妻は知恵のある賢い人だな。……ありがとう」

気を取り直した彼は、レイニーの体を再び開く。

（あ、ちょっと待って……私……恥ずかしいって思っていたのに……）

励ました手前、恥ずかしいからと抗うことができなくなってしまった。

（だけど……『俺の妻』って言ってくれた……）

その言葉がレイニーの胸をじわじわと熱くして、嬉しい気持ちが全身を駆け巡るみたいだ。

「……そうだ」

ふと彼は何かを思い出したかのように、ベッドヘッドに手を伸ばす。そこには小さな壺があった。

「……皮膚を柔らかくする効果のある軟膏らしい。貴女が少しでも辛い思いをしないように、使っても構わないか？」

その言葉にレイニーは目を瞬かせた。だが力強くグイと腰を持ち上げられて、彼の膝の上に抱え上げられ、大きく足を開く格好にさせられて、軽く内太ももの上に手を乗せられると、もう動けなくなってしまった。

拒否しなかったからだろう。彼は真面目な顔で薬を取り出すと、レイニーの大事なところに薬を塗り付け始めた。大きい割に繊細な指が丁寧にレイニーの蜜口を押し広げ、ゆっくりと広げるように動く。そうされているうちに、そのあたりが徐々に熱くなってきて、わずかな搔痒感に繋がっていく。

（何……これ）

搔痒感があるから、彼の指がそこに触れると気持ちいい。

「あ、あぁっ……そこっ……」

無骨な指が優しく触るたび、お腹の奥が切なく疼く。たまらなくてむずかるような喘ぎを上げるたび、ジークヴァルドの呼吸も乱れる。

「中にも、触れるぞ」

喉を鳴らすと、低く吠えるように言い、蕩けた蜜で溢れている口に指をつぷりと差し入れる。

「あぁ……温かくて、トロトロだな……」

熱っぽい彼の声を聞くだけで、全身に震えを感じる。

「……ここも、触れられると気持ちいいと聞いたのだが……」

彼はゆっくりと指を中に差し入れながら、入り口の端あたりをクリクリと押すようにする。コリコリと硬くなった芽は、彼の指の中で動くたび、ぞわぞわとするような感覚を起こす。

「あ、あぁっ」

敏感なところを柔らかく捏ねられ、ビクンと体が跳ね上がる。突然襲ってきた感覚に耐えきれず高い声が上がり、大きく目を見開く。

「やはりここがいいのか……」

彼は柔らかい動きで、膨らんできた芽を執拗に指の腹で優しく転がした。

「あ、あっ……そこ、おか……しくなっちゃ……」

体の中で溜まっていた熱が、限界に向かって膨らんでいく。彼の息が興奮に熱くなっていると思った瞬間、中でずっと昂っていたものが、一気にパチンと弾けたような感じで、ガクガクと震えが止まらない。

「レイニーの中が……波打つみたいに締まっている」

興奮している彼にも気づけないほど、レイニーはその押し寄せる感覚に淫らな声を上げ、身を震わせながら何度も喘いでいた。

（ああ、すごく……気持ちいい……）

蕩けるような、それでいて頭の奥がチカチカするような感覚は、頂点に達するとほんの数秒で落ち着き、同時に体からがくりと力が抜けた。

彼が目を細めながらそっとレイニーの唇の端に口づける。

「怖くは……なかったか？」

尋ねられて咄嗟に首を横に振った。

（今の……なんだったんだろう）

だが、じわっと全身に血が巡っていく感じは心地良く緊張と弛緩（しかん）の間には、なんともいえない気持ちよさがあった。

「……ああ、なるほど。これで一気に緩んだな」

だがそのあたりを追及するより先に、彼がホッとしたように今度は指を増やしながら、ゆっくりと指を奥から手前へと抽送する。また先ほどの感じやすかった部分を蕩けた蜜を擦り付けるようにするから、あっという間に先ほどの震えるような感覚に支配される。

「は、あぁっ……や、だめっ、また……きちゃ……」

室内にはジークヴァルドがレイニーの中を掻き回す、ぐちゅりぐちゅりというような淫らな水音と、レイニーの喘ぎが響いている。レイニーは再び襲ってくる愉悦に、ベッドのシーツを必死で掴んで耐える。

(なんで……こんな風になってしまうの?)

閨事は不快感があっても堪えても行うべきことだと教えられたが、これではまるで……。

(溶けちゃいそう、ジークヴァルド様の指が気持ちよくて……ふわふわしてしまう……)

とろんと体が溶けてしまうような快楽に身悶(みもだ)えすると、彼は指で触れている部分に顔を寄せる。

――じゅっ。

音を立てて吸いついたのは、レイニーが先ほどたまらなく気持ちよくなってしまった蜜口の端の芽の部分だ。

「ひぁっ……あぁっ」

「あぁ、ここもこんなに硬くなっている」

躊躇うことなく、先ほど指で触れていた部分に舌を伸ばし硬く凝る部分を舌で転がされ、時折激しく吸い上げられる。何度もされているうちにパチパチと頭の中で何かが破裂する。ありえないほど恥ずかしいことをされているのに、先ほどより深く、快感が全身に広がっていく。

「あ、あぁっ……ぁ、ダメ……そこっ」

ひくんひくんと震えて、快楽に体が浸されていく。

「だめ、さっきの……またっ」

ヒクヒクとますます震えながら、先ほどよりもっと激しく、深く達してしまう。彼はレイニーがまた達したのを見てから、その耳元で囁く。

「……貴女が、欲しい。許してもらえるだろうか」

理性はすっかり彼に蕩けさせられてしまっている。ジークヴァルドの言っている意味も半分わからないまま頷くと、ずっと膝の上に抱えていた彼女のお尻をベッドにおろすと、羽織っていたガウンを脱ぎ自分の膝をベッドに立てた。両足を開いた状態で腰を持ち上げるような格好になる。彼が動くとギシリとベッドが軋む音がして、何か不思議な感触のものが、レイニーの蜜口に当てられる。

（熱くて……硬い）

そう思った次の瞬間、それは中に入り込んでくる。グッと入ってきた瞬間、中がパンと張りつめて、一瞬息を飲む。

「すまない……痛いかもしれない。だが……」

だがジークヴァルドはもう耐えるつもりはないらしい。グッと中まで入ってきて、レイニーはその大きさで自分の中が目一杯広がる感覚に、目を見開いて、ハクハクと呼吸をする。

『痛い時、怖い時は、ゆっくりと息を吐くと良いの……』

突然思い出したのは、実母の優しい声だ。あれはお腹を壊して痛かった時の話だろうか。とにかく

ゆっくり息を吐いて、彼が中に入っていくのを受け入れる。事前に十分に彼が感じさせてくれていたからだろう、思ったほどの痛みはなく、けれど大きく押し開かれる鈍い痛みに耐える必要はあって、思わず目を顰めてしまうけれど、さすがに彼も余裕がないようで、さほど動いていないのに、彼の額から汗がしたたり落ちる。

レイニーの様子を窺いながら少しずつ、彼女に負担を掛けないように留意しながら、じっくりとことを進め……。

「すまない。辛かっただろう……」

ようやく二人とも汗を掻いて、それに緊張しきったままではあったものの、彼はレイニーの中に収まることができたようだ。

「いいえ、ちゃんと受け入れられて……良かった、です」

そこにはときめくような甘さはなかったけれど、無事初夜を遂げることができた。お互いホッとして小さく笑みが零れ、自然と抱き合う。

「レイニー、本当にありがとう」

レイニーは彼の深緑の香りに包まれて、抱きしめてくれる彼に想いを返すように、そっと彼の太く逞しい首に手を回し、ぎゅっと抱き返していたのだった。

第五章　結婚生活の始まり

「……おはよう」

目が覚めた瞬間、緑色の瞳と目が合って、びっくりして声を上げそうになった。

（そうだ……私は昨日、ジークヴァルド様と結婚したんだ……）

昨日は一日忙しく、夜も大変だったから、疲れ果ててぐっすり眠ってしまっていたらしい。彼はそんなレイニーに布団をかけ直しながら、そっと布団越しに彼女を抱きしめる。

「体調は……大丈夫か？」

そう尋ねられて、いつものように体を起こし、ベッドの上に座ろうとするが……。

「いっ……」

ズキリと筋肉に痛みを感じて、そのまま体が固まってしまった。

「どこか痛いのか。今すぐ医者を！」

慌てて起き上がろうとするジークヴァルドの手を、レイニーは痛みを堪えて半身を起こし、慌てて掴まえた。

「だ、大丈夫です。あの……慣れない筋肉を使ったので、筋肉痛みたいになっているのだと……。お風呂に入って体を伸ばしたら楽になるかもです」

実はお腹も痛いような気がするが、それを言うと大騒ぎになりそうで、シーツを巻いてベッドに腰かけたレイニーは小さく笑みを浮かべて彼を宥める。

「そうか。では今すぐ風呂の準備をさせよう」

枕元にあったベルを鳴らすと、誰も入ってくることはなく、寝室の扉の向こうから声がかかりホッとする。

「すまないが、レイニーを風呂に入れてやりたい。準備ができたら声をかけてくれ」

ジークヴァルドの言葉に扉の向こうから応えがあった。

『既にご用意しておりますので、いつでもお入りください』

気遣ってくれたのか、こちらに来ないでくれて助かるとレイニーは思う。

（だって……昨日のあれやこれやで……体が……けっこう汚れているし）

辛くて耐えなければいけないと思っていたはずの閨事が、あんな風に気持ちよくなってしまうことだったなんて……。もう乾いているが、下半身には体液の跡も残っている。多分少し出血もしているようだ。

（もちろん、破瓜の痛みはあったけれど、あれは最初の一回だけって聞いたし……）

などと考えていると、シーツごとジークヴァルドに抱き上げられ、彼はそのまま部屋の外へと歩き始める。

「え。あの、何をするんですか！」

びっくりして彼を見上げると、間近で彼と目が合った。

「何をするって……風呂に入ろうかと思って」

「……一緒に、ですか？」

そういう展開は予想していなかったと驚きの声を上げると、彼は何でもないように肩を竦める。

「ああ、この寝室から風呂場に直接繋がっているからな」

彼の答えに、一緒に入るかどうかについて問うたのに、その返答ではないことに一瞬混乱する。その間に、彼はレイニーを連れたまま浴室に入っていた。風呂と専用の廊下で繋がっていたらしい。

「あ、あの……体を流したいので」

声をかけると、彼はあぁ、と頷いて彼女の足を床におろしてくれた。彼が湯を浴びているのに背を向けて、自分も湯を浴びて汚れをザッと落とす。すると後ろから名前を呼びかけられてビクッとしてしまった。

「ああ、悪い……疲れているのなら湯船に浸かった方が良いと思ったんだ」

その言葉に後ろを振り向くと、全裸の新婚の夫がいて、その顔を見上げた途端、恥ずかしくて逃げ出したくなる。

「ひゃっ……」

だがどうしようかと身を捻（ひね）った途端、足場が悪くその上疲れも残っていて、足が縺（もつ）れる。

「だ、大丈夫か?」

転ぶ、と思った瞬間、ひょいと抱き上げられて、転倒の恐怖に彼の首にしがみついてしまった。ジークヴァルドは彼女が転ばなかったことにホッとした顔をすると、彼女を抱いたまま湯船に浸かる。

(って、私。裸でこんな明るいところに……)

これほどはっきりと彼が見えるのだ。よく見れば天窓から明るい日差しが差し込んでおり、朝の浴室は清らかなほど明るい。つまり自分だって……。

「あ、あの……」

せめて膝に抱きかかえられているのをおろしてもらおうと身じろぎをすると、逆に彼にぎゅっと抱きしめられてしまった。

「まだ疲れが抜けきってなかったのに、風呂場に連れてきてしまった俺が悪い」

だからおろさないということなのだろうか。どうしようかともじもじとしていると、彼がうっと息を飲む。

「大人しくしてもらえると……助かる。というかそうでないと……困る」

困ると言われて、彼の顔を見上げるために体を捻ると、お尻のあたりに硬いものが当たって、ビクンと彼が身を震わせる。何だろうとレイニーが視線を下に落とすと……。

「――っ」

そこにあったのは、立派に屹立(きつりつ)した男性の象徴だった。

（けど……侯爵邸で聞いた一般的な男性の大きさとは、全然違うんだけど……）

明るい日差しの下に一瞬見てしまったそれは、聞いていたよりずっと大きい。あんなものを受け入れたのかと、恥ずかしさと困惑した面持ちで、慌ててそれから目をそらすように顔を上げると、彼は自分の目に手を覆い、上を向いてしまっている。

「す、すまない。こんな風になる予定では……」

「いえ、あの……ごめんなさい」

なんと言っていいかわからず、慌てて彼の膝の上からおりようとする。だが……。

「本当にすまない。だが……貴女を抱きしめていたいのも事実なんだ」

そう言うとぎゅっと抱きしめられてしまった。体を捻って彼を見上げていただけだから、しっかり抱きかかえられると、自分のお尻に彼のものが当たってしまうのは避けようがないのだけれど……。

「大丈夫だ。昨夜あれだけ貴女に無理をさせたのだから、せめて、今朝は……耐えるつもりだ」

真剣な口調で言われ、お尻に当たる猛々（たけだけ）しい物とのギャップになんとも言えない気持ちになる。

「気遣ってくださって……あ、ありがとうございます」

でも少なくとも彼のその耐えるという気持ちは、レイニーを慮（おもんぱか）ってのことだろう。けれどあれほどのものを、昨日無事受け入れられたのだ。ずいぶんと彼が準備に時間をかけてくれ、気を遣ってくれたこともわかった。

「昨日も……優しくしていただいて……嬉しかったです」

「あぁ、こちらこそ……無理をさせて悪かった……」

ぎこちない会話をしつつ、それでもじんわりと彼の優しさが胸に染み入ってくる。

（男性は、ああいう状態になっていたら、本当は欲情して昂っていて、苦しいはず、なのに……）

レイニーの体に負担をかけまいと、耐えてくれているのだ。

「あの、十分に温まったので……外に出ましょうか」

彼の欲望を解消するために、どうして良いのかもわからず、とりあえず風呂を出ることを提案すると、彼は顔を手で覆ったまま、片方の手を差し伸べる。

「こちらは……見ないでいてくれると助かる」

彼の言葉の意味を理解しているから、レイニーはけして彼の下半身を見ないようにしながら浴室を出ると、黙ってお互いガウンを羽織る。

「こちらに侍女が来るように伝えておくから、少し休んでいてくれ」

レイニーを籐(とう)でできた椅子に腰かけさせると、彼は浴室から中の通路を使って、慌てて先に出ていったのだった。


それから始まった結婚生活は、穏やかで落ち着いたものになった。初夜から数日後、彼は再びレイニーの元を訪れて、もう一度閨を共にした。どうなるかと不安ではあったが、結果から言えば一度目のような痛みはなく、だが初夜と同様に優しく接してくれた彼に、レイニーの心はますます傾いていく。

そんな結婚生活を始めて二週間後のことだ。

ここ一週間ほど、レイニーは越冬前の国境警備の陣頭指揮を執っているジークヴァルドとは、あまり会えていない。その上皆が冬支度で忙しくしているのに、自分一人部屋でのんびりしているのは居心地が悪く落ち着かなかった。

せめて何か手伝えることはないかと思って部屋を出ると、雪がちらつき始めた窓の外に、エプロンを着けたヒルデガルドがどこかに向かっているのを見かけた。レイニーはその後を追って炊事場まで来ていた。

炊事場では、冬の保存食を作るのに城の下働きの人々だけでなく、先日行った城下町の人々も集まり賑やかだ。

「あの……レイニー様はこんなところに来なくても……」

レイニー付の侍女であるヤスミンが困った顔をして右往左往している。

「あら、ヤスミン。レイニーさんが手伝ってくれるって言うんだから、力を貸してもらいましょうよ。人手はいくらあっても足りないのよ」

ニコニコ笑ってヤスミンに答えたのは、自他とも認める変わり者の前伯爵夫人、ヒルデガルドだ。

故郷にいた頃から農作業に勤しむ子爵領の人達の中で生活していたレイニーは、ヒルデガルドの言葉に大きく頷く。

「はい、何でも言ってください。私、みなさんのお役に立ちたいんです！」

エプロンを貸してもらったレイニーは、やる気満々の様子で炊事場に立つ。

「じゃあ、その果物を剥いて、ジャムにするから煮込んでいってくれる?」

尻込みする下働きの人々を横目に、ヒルデガルドがレイニーに指示を出す。

「わかりました。お任せください」

レイニーは山のように積まれた果物を手に取ると果物ナイフを使い、猛然と皮を剥き始めた。手は悴むように冷たいが、煮炊きをしているお陰で室内は思ったより寒くはない。

「レイニー様……ずいぶん手際が良いんですね」

最初は驚いていたヤスミンだが、レイニーが作業を開始すると目を丸くした。炊事場の女性達も、突然の新しい辺境伯夫人の登場に呆気にとられていたが、レイニーの作業の素早さと正確さに素直に感嘆の声を上げる。

「レイニー夫人が私達の仕事まで手伝ってくださるなんて、大歓迎です!」

「そうそう、これだけ手が早くて正確だったら、どこの炊事場でも大活躍だわ。うちの娘にも見習ってほしいくらい」

家事の技術のおかげか、それとも寒い水を触りながらの仕事にも怯まなかったせいか、周りの人達の反応はとても温かい。

(なんか……こんなに誉めてもらったら、頑張るしかないわ)

伊達に十歳から約十年間、炊事場で下働きの手伝いをしていたわけではないのよ、などと妙な気合いが入ってくる。仕事をしながら周りの様子に目を向けると、女性達はすっかりレイニーを仲間だと認めたように好意的に笑顔を向けてくれていた。

「さすが、ジークヴァルド様。女性を見る目がありますね。こんな素敵な方を若奥様にされるなんて」

謙遜しようかと思ったが、なんと言っていいのかわからなくて、じわっと頬を染める。

ヤスミンは全力で作業を始めたレイニーをもう止めようとはせずに、代わりに隣に立ち、危なっかしい手つきで皮むきを手伝ってくれる。

「ごめんね、巻き込んじゃって……」

「いいえ、でも却って良かったです。みなさんもレイニー様のことを認めてくださったみたいで、私も嬉しいです」

相変わらずヤスミンが優しくて健気で可愛い。思わずほっこりしながら、ヤスミンと並んで作業を続けた。

「冬の保存食作りってお祭りみたいなんですね」

暖かい王都では冬の準備はそれほど大掛かりに行うことはない。レイニーの問いに彼女は頷く。

「ええ。ウィルヘルムではどこの家も総出で準備をするんです。今日はお城で準備をするということで、町の人達も手伝える人達はここに来ていますから」

あちこちで女性達の和気藹々とした楽しげな声が聞こえてくる。みんなイライラと働いていたカスラーダの炊事場とは空気が全然違うのだ。それはきっと、領主であるジークヴァルドや、ヒルデガルドのおかげだろう。そんな明るい声が飛び交う喧騒の中で、レイニーは頭を空っぽにしてドンドン皮を剥くと果実を切り、言われた通りに砂糖と共に煮込んでいく。

冬の間は新鮮な野菜や果物が食べられないが、こうして作る果実のジャムやコンポートは寒い時期の楽しみらしい。くつくつとジャムが煮込まれる音と、あたりに漂う甘くて幸せな香りと、姦しくて明るく逞しい女性達の声に、レイニーは自然と笑顔になる。

(ウィルヘルムは、本当にみんな温かくて、なんだかアルクスの村に似ているなぁ……)

父と母と暮らした故郷の村を思い出し、余所者である自分も受け入れてくれる、ウィルヘルムの人達の優しさに、ますます甘えたくなってしまう。

(ずっと……ここにいられたらいいのに……)

ついそんなことを考えていると、炊事場の裏側から大きな声が聞こえてきた。

「……警備中に罠にかかった鹿と猪がいたから持ってきたぞ」

城主にあるまじき気さくな様子で炊事場に顔を出した人を見て、レイニーは思わずドキッとしてしまう。

(ジークヴァルド、様……)

声が聞こえた途端に、恥ずかしいのになんだかその顔を見たくてたまらなくなった。慌てて手を拭いて、まとめていた髪が乱れていないか指先で確認する。

「って……レイニー? なんで貴女が」

パチパチと目を瞬かせながらも、レイニーを見つめるジークヴァルドを見た途端、彼の周りがパッと明るく輝いているような感じがした。レイニーの鼓動はトクトクと高鳴り速まる。こちらに近づいてくる彼の顔を見ただけで、なんだかふわふわしたような心地になり、嬉しくてたまらなくなってしまった。

「そうそう、ヴァル。レイニーさんって本当に素敵な人ね。自分から皆の手伝いをするって声をかけてくれたの。しかも作業の手も早くて、みんなとびっくりしていたところ」

ヒルデガルド達の言葉を聞きながらも、レイニーはますます逞しくて素敵なジークヴァルドから目を離せなくなっていた。彼は目を細めつつ、徐々に速度を上げてレイニーの方に近づいてくる。

「雪も降ってきたし、炊事場は寒いだろう。無理しなくていいんだぞ」

彼は巻いていた毛皮の襟巻きを、レイニーの肩にかけてくれる。ふわりとその襟巻きから、冬の匂いがする。それから閨で馴染んだ、彼の肌の香りも……。

「ヴァルも国境警備を終えて疲れているでしょう。部屋で温かいお茶を飲ませてあげてほしいわ。……レイニーさん、付き合ってあげて」

息子はもちろん、慣れない寒い厨房（ちゅうぼう）で働き続けていたレイニーを気遣ったヒルデガルドの呼びかけに、ヤスミンは即座に反応する。

「レイニー様、私、お茶の準備をしますので、ジークヴァルド様を温かいお部屋で休ませてあげてください」

そう言うと今度は打って変わって小声でレイニーに耳打ちをする。

「レイニー様が動かないと、ジークヴァルド様がお休みをとってくださらないので」

真顔で訴えかけられて、ハッとしてレイニーは笑顔で彼を見上げる。

「そうですね、外は寒くてお疲れだったでしょう。ジークヴァルド様、さあ、こちらに……」

レイニーがそう言うと、彼は頷いて一歩踏み出す。

「そうだな、せっかくだから、少し休ませてもらおうか」

さりげなく伸ばされたエスコートの手に掴まると、彼の体はとても冷えていて、レイニーは早く彼に温かいお茶を飲んでもらわなければ、と思う。

「雪、大分積もってきましたね。外は本当に寒かったでしょう。警備中のお話も聞かせてください」

並んで炊事場を出ていく二人を見て、作業をしていた女性達は一様に笑顔になった。

「金持ちカスラーダからジークヴァルド様が嫁をもらうって聞いた時は、どんなお嬢様が来るかって心配していたけど……」

「ジークヴァルド様にふさわしい、働き者で気立てのいい素晴らしい奥様で本当に良かったねえ」

まさか自分達の作業を気さくに手伝ってくれると思っていなかった人々は、レイニーについての好感を口にして笑顔で新婚の夫婦を見送ったのだった。

部屋に入ると、レイニーは用意された温かいお茶をジークヴァルドの前に出す。一緒に先ほどまで煮ていたジャムと焼き菓子も出した。

「あ、こちらは、先ほどまでレイニー様が冬支度のために作ってくださっていたジャムですよ」

さりげなくヤスミンに言われて、頷いた彼は早速焼き菓子にたっぷりと出来立てのジャムを載せると、お茶と一緒に食べ始めた。一口食べると、さらに手の動きが速くなり、美味しいと言葉ではなく態度で示してくれているようでなんだか嬉しい。

「……あぁ、外が寒かったから、甘さが臓腑(ぞうふ)に染み渡るな」

ふっと目を細め表情を緩めた彼を見ていると、なんだかレイニーの胸の中までほんわかと温かくなる。

「今日はこの雪だし、仕事は終了だ。少しのんびりとしたいんだが……貴女の予定は？」

夫にそう尋ねられたレイニーは、炊事場の件はこのままでいいのかと一瞬悩むが。

「はい、レイニー様も今日の作業は何もないので、お二人でゆっくりお過ごしください」

にっこり笑って代わりに答えたヤスミンの言葉に、彼は嬉しそうに微笑んだ。

「そうか、それは良かった」

警備の間にあった出来事の話や、炊事場での冬支度の話など、お互いの話をしながらゆっくりとお茶を飲んでいると、冬国の夜は早くやってくる。少し薄暗くなってきた部屋に夕食も持ってきてもらい、ゆっくりと夫婦としての時間を過ごす。

「雪……すっかり積もってしまいましたね」

城の窓は分厚く、寒冷対策はされているが、それでも窓際は寒い。昼過ぎに降り始めた雪は夕方までに積もり、今外は雪が止んで珍しく晴れているせいで、余計に冷えている気がする。

「レイニー、ずっと外を見ていたら風邪を引くぞ」

近づいて来た彼は後ろから包み込むように彼女を抱きしめる。結婚して以来、すっかり馴染んでしまった夫の匂いにホッと安堵の息をついた。背中も肩も温かくなって、もう一度月明かりに照らされた真っ白な雪景色を見つめる。その景色は、ウィルヘルムがこれまでレイニーが住んできた場所とはまったく違うのだ、と伝えてくるようだった。

「雪は……綺麗ですね」

「そうか。それこそ物心ついたころから見ている景色だから、実感は湧かないが……レイニーが見て、美しいと思うのならきっとそうなんだろうな」

ジークヴァルドは何に関しても決めつけることはしなかった。そんなところも一緒にいて安心できる。最初の頃は言葉数が少ない人だと思ったが、人見知りをする方らしく、最近は以前より言葉数も増えてきたような気もする。

（本当に……最初は殺されるかもなんて怯えていたのに、今、私はこんなに幸せだ）

人生には何が待ち構えているのかわからない。流されるみたいにたどり着いた先に一生の伴侶がいて、幼い頃なくした穏やかで幸せな日々が戻ってくるなんてこと、ありえるのだろうか。

（でも、私は未だに大切なことを彼に伝えられていない）

ここに来てから、誰も彼女のことを『慈雨の乙女』とも、『アメフラシ』とも呼ばない。だからそのことについて話す機会を失ったままだ。

（本当は、落ち着いたらジークヴァルド様には話した方がいいのかもしれないけれど……）

けれどカスラーダ侯爵にはそのことを言わないように言い含められている。

（それにやっぱりジークヴァルド様から、私が『慈雨の乙女』であるから結婚した、なんて言われたら……）

そんなことを考え始めると、ブルリと体が震えた。

「……やはり寒いんだろう？」

すると彼女が怯えに震えたことを寒さと勘違いした夫は、レイニーの頬にキスをする。驚いて振り向くと、ジークヴァルドは額にもう一度キスを落とした。

「……寝室に行くか。ベッドの中の方が温かいぞ？」

誘うように彼は笑う。ジークヴァルドはレイニーをベッドに誘うのに無理強いをしたりはしない。だがレイニーとしては……。

（もしかしてジークヴァルド様の子供を授かったら、私がずっとここにいられる可能性が高くなるかしら……）

それに、ここでジークヴァルドの子供を育てるという夢を想像すると、気持ちがふわりと温かくなった。伸ばしてくれた彼の手にそっと触れると、夫は少しだけ耳を赤くしてレイニーをベッドに連れて行く。そうして冬の長い夜を、レイニーは夫の腕の中で過ごし、女性としての悦びを教え込まれていく……。

＊＊＊

新婚の夫婦がお互いの愛情を深め合う間に冬は深まり、例年通り新年の宴が行われることになった。

今年は領主の結婚の挨拶も兼ねてのもので、来訪者は例年より多く盛大なものとなっている。式典の間に集まった一門の貴族達は、順番にジークヴァルドとレイニーの前に来て、新年の挨拶を行い、二人の結婚を寿ぐ。

「新年、おめでとうございます。今年も恵みの雨が少しでも早く降りますように」

口々に言われる祝いの言葉にレイニーはハッとする。

「恵みの雨って……」

どうやらその言葉は新春の祝いの定型文のようだ。思わずそう声を上げると、側に控えていたヤスミンが笑顔でその疑問に答えてくれた。

「ウィルヘルムでは冬の終わりに雨が降ると、春が来たのだと言ってみんなで喜ぶんです。あ……でも、翌日に冷え込んでその雨で溶けた雪も凍ったりするんですけどね」

クスクスと笑う彼女の様子に、だがレイニーはふっと普段は覆い隠していた不安が湧き上がってくる。

（恵みの雨を挨拶にするくらい……ここの人達もやっぱり雨を望んでいるんだ）

もしも自分が冬の終わりに雨を降らせることができたなら、アルクスの人達のように喜んでくれるのだろうか。ここに来てから出会った町の人達、厨房で会った女性達、そして誰よりも大切に思い始めている夫の顔を想像した瞬間、改めて自分の秘密を思い出し、ぎゅっと胸が痛くなった。

（私はなんでこの秘密をジークヴァルド様に話せずにいるのだろう……）

ずっとレイニーを支配していたカスラーダ侯爵が怖いからだろうか。それともアルクスの人々のことが心配だからだろうか。

……それとも、ジークヴァルドががっかりする顔を見たくないだけだろうか。

男性貴族達と話し込み始めたジークヴァルドを、ほんの少しだけ離れたところで見つめている。難しい関係である隣の領地から来たレイニーを、故郷の花を大切にしてくれたから、という理由で結婚相手に選んでくれた、ジークヴァルドはそんな優しい人だ。

（その人に対して、私はどれだけ誠実に振る舞えているんだろう……）

「……どうかしましたか？」

じっと夫の横顔を見て、思い悩んでいたレイニーに突然声をかけてきたのは、彼の従兄弟であるランドルフだった。

「いえ……」

一旦言葉を止めた後、ふっと顔を上げてランドルフの目を見る。

「もしも……」

何故いきなりそんな話をしようと思ったのか、自分でもわからない。けれどジークヴァルドが大切に思っている人であれば、きっと教えてくれるとそう思ったのだ。

「もしも私がずっと言えなかった秘密があって、それをジークヴァルド様に伝えたら、彼は怒るでしょうか。いえ、怒られてもいいんです。でも、彼に嫌われるのが……」

怖い、とまでは言えなかった。だがぽつりと呟いた言葉を、ランドルフはきちんと聞き取ったようだった。そしてレイニーがじっと見つめている夫の横顔を一緒に見つめながら、彼は小さく笑う。

「何を言うつもりなのかわかりませんが、ジークヴァルドは貴女から大切なことを話されたとして、それを意味もなく怒りの感情で受け止めたりはしませんよ。嫌ったりもしないはずです。あの男は、馬鹿みたいに愛情の深い男なので……」

それだけ言うと、小さく笑って肩を竦めた。

「ただ……『レイニー嬢が今も別の男性が好きだ』とかいうのはナシでお願いします。それだけは……ヴァルのことなんで、怒りはしないでしょうけど、救いあげるのが不可能なくらい、落ち込みそうですから」

ランドルフの想像もしなかった言葉に驚いて顔を見上げると、彼は愛敬(あいきょう)たっぷりに片目を閉じてみせた。質実剛健な生真面目な夫とは全然違う洒脱(しゃだつ)な仕草にレイニーが目を丸くしていると、二人が会話していることに気づいたジークヴァルドがこちらを向いた。

「……まあ。ああ見えてあの男も、このややこしい辺境を治める領主なのでね。見た目よりは単純でも単細胞でもないです。……レイニー夫人が心配するようなことはないと思いますよ」

それだけ彼が顔を寄せて小声で言うと、ちょっと不機嫌そうなジークヴァルドが大急ぎでこちらに戻ってくる。

「ランドルフ、何をレイニーに吹き込んだんだ？」

レイニーの隣に立ち、腰に手を回しながらジークヴァルドが尋ねると、ランドルフはニヤニヤと笑う。

「俺だけに秘密の話をしてくれたんですよ、ね？　辺境伯夫人？」

わざとからかうような言い方をして、ジークヴァルドを翻弄している。ちょっとムッとした顔をしている夫の手に触れて柔らかく微笑む。

「ランドルフさんは、不安なことがあればジークヴァルド様に相談したらいいって、そう言ってくださったんです」

きっとランドルフはそう言いたかったのだろう。レイニーが言うと、ランドルフは機嫌良さそうに笑った。

「……さすが、レイニー夫人は理解力が高い。そういうことで今日はあんまり飲まずに、夫人とゆっくり話をしたらいい」

ランドルフはそっとレイニーの背中を押す言葉を告げる。それはレイニーが逃げられない状況になったということでもある。

（……でも、きっと今日を逃したら、ジークヴァルド様に説明する機会を失ってしまうかもしれない）

レイニーは決意に唇を噛みしめて、今日こそ彼に本当のことを言おうと決意したのだった。

第六章　真実を告げた夜

新年の宴の途中で抜けたレイニーは再び風呂に入ると寝間着に着替え、ガウンを羽織った状態で夫婦の寝室に案内された。

窓を開けると肌を刺すような空気に吐く息は白い。新年を寿ぎ祝杯を上げる声がどこからともなく聞こえる。厳寒の中でもウィルヘルム城は温かな喧騒に満ちていて、レイニーはしばらくそれに耳を傾けていた。

凍るような気温に鼻の頭が冷たくなる。だがレイニーが感じ取る香りはけして嫌な物ではなかった。

（新年を迎えた喜びと、領主の結婚を祝い未来が明るいことを祈る、そんな温かい匂い……）

レイニーが嫁いで来て、初めての年明けだ。一年の始まりを祝う日に雨を降らせられる能力が今ないことを、きちんとジークヴァルドに伝えて理解してもらおう。そうすることで、本当の意味で新しい生活を始められるような気がする。

ランドルフと話をして、ようやく決心がついた。窓から忍び込む凛とした冷気に気持ちが引き締まる。

（もう逃げない。今夜こそジークヴァルド様に全部話そう）

レイニーが決意を固めていると、小さく扉がノックされた。

「は、はいっ」

レイニーは慌てて窓を閉める。そして部屋の入口に向かい、ドアを開けた。

「……こんばんは」

ほんの一時間ほど前まで一緒にいたのに、何を言っていいのか迷ったのかもしれない、彼は夜の挨拶をして、小さく顎を指先で掻く。

「こんばんは。お疲れになったんじゃないですか」

そう声をかけてからレイニーは大きく息を吸った。

「そんな時にすみません。ジークヴァルド様がお休みになる前に、どうしても話しておかなければならない話があります。私……聞いてくださいますか？」

ドアの前で立ったまま、そう彼に言うと、彼は真面目な顔で頷いてレイニーの手を取り、ベッドではなく、先ほどまでレイニーが座っていた椅子の方に彼女を連れて行く。

そしてテーブルの上に置かれていたグラスに酒を注ぐと、彼女に勧めた。

「で、どんな話だろうか……」

真剣な顔をしている彼を見て、レイニーは胸に手を当てて息を吸った。この話をすれば後戻りはできなくなる、そんな恐怖で手が震える。幸せだったこの生活も、もしかするとなくなってしまうかもしれない。それでも大切なことを秘密にしているような妻は、彼にはふさわしくないだろう。

「……私が今からする話を聞いて、もし許せないと思うのであれば、私を離縁してください」

彼女の言葉にジークヴァルドは薄く目を開く。だが何も言わず彼女の言葉に耳を傾けている様子だった。だから彼女は決心が鈍らないうちにと、話を続けた。

「……まだ結婚誓約書はこちらの城にあると聞いたので、王都には送らず、カスラーダ侯爵の説明が不十分だったとして、契約の破棄を申し立てれば問題ないはずです」

「ずいぶん穏やかではない言い方をするのだな……」

そう言いながらジークヴァルドは酒を口にするが、思ったより甘い酒だったようで、「甘いな……」と言って顔を顰めるとグラスをテーブルに置いた。

普段とは違って、苦い顔をしている彼の様子にレイニーは不安で気持ちが張り詰めるが、もう一度大きく息を吸って言わなければならない言葉を口にする。

「すみません……。もっと早く話をしなければ、とそう思っていたのですが、なかなか決心ができなくて……」

そこまで言うと、最後の緊張を解くようにグラスのお酒を一気に飲み干す。確かに甘いけれど思った以上にきついお酒で、思わずぐっと息をつまらせた。

「あ、それは……」

咄嗟にグラスを落としそうになったのを掴んでくれたのはジークヴァルドだ。

「甘いが、度数は強いだろう？　一気に飲んで大丈夫か」

甘露が落ちていく瞬間、喉の奥が焼けたような感じで、酒気を帯びた呼気がふわっと口の中に溢れた。びっくりしたけれど酒精に勢いを付けられたような感じでレイニーは話を始める。

「あ、あのっ……私、『慈雨の乙女』などというたいそうな名をいただいていますが、実は今、雨が降らせられないんです！」

いきなり本題から切り出すと、彼女の勢いに驚いたようにジークヴァルドは目を瞬かせる。

「……私は四歳の時に、教会から『慈雨の乙女』という敬称をいただきました。雨を降らせる能力がある聖女として認定されたんです」

レイニーが必死になって話しているのを見て、ジークヴァルドは彼女に話したいようにさせることにしたようだ。小さく頷くと、ゆっくりと背もたれに背中を預けた。緊張するようなピリピリとした空気になるかと思ったのに、あたりに漂っているのは、落ち着いたウィルヘルム特有の冬の匂いだ。

「……それで」

「その後両親を亡くした私は、遠縁であるカスラーダ侯爵に引き取られることとなりました。……侯爵は私が聖女認定をされた『慈雨の乙女』であったから引き取ったんです」

レイニーはそこまで言うと、彼の顔を見ないようにじっと自分の手を見る。彼が何を考えているかわかってしまったら、これ以上話ができなくなってしまいそうだったからだ。

「でも……カスラーダ侯爵の元に引き取られてから、私は雨を降らせることができなくなりました。どんなに祈っても、私の言葉が神に届くことはなく……たった一粒も雨を降らせることができず……もう十年が過ぎてしまいました」

ずっと自分でも認めることが怖かったのかもしれない。曖昧にし続けた事実を口にする前に一呼吸置いた。

「……だから私はもう、二度と雨は降らせられないと思うんです」

じっとジークヴァルドの顔を見上げると、彼は無表情のままだった。騙されたと声を荒らげることも、怒っている様子もない。冷静な彼の様子に、痛いほど握りしめていた拳から微かに力が抜けた。後は言わなければいけないことを全部、伝えたらいい。

（私が今できることは、真実を話すことだけ……）

「カスラーダ侯爵は、雨を降らせることができる『慈雨の乙女』だと言って、ジークヴァルド様に私との縁談の話を持ちかけたのではありませんか？　でも……それが理由で私を娶ったのであれば婚約を不履行にしていただいて構いません。だって、降らせられないのは事実で、侯爵もそれは知っていたことだったのですから」

言わなければいけないことを一気に話をすると、レイニーは戦慄くように大きく息を吸う。

（ウィルヘルムの人達は素敵な人がたくさんいて、ここで生きて行けたらいいなってそう思ってしまったけれど……。嘘をついたまま、皆を騙してここで暮らすより、本当のことを言って去る方がいい。少なくともここの人達には嘘をつきたくない）

町の人達の屈託のない笑顔、厨房での女性達の逞しさと明るさ、健気でいつも一生懸命なヤスミンの献身、そしてヒルデガルドの母のような包容力。

短い時間だったのに、様々な人達の笑顔がレイニーの心の中に温かい記憶として残っている。

(ほんの数ヶ月だけど、それでもここ十年ぐらい得ることのできなかった人々の優しさに触れさせてもらえた……)

今までレイニーを愛してくれた人は、アルクスの故郷にだけ存在し、彼らへの情を侯爵に利用されていた。十歳の頃から笑うことも明るい声を上げることもなく、侯爵邸で消費され続けるように生きてきた。それは自分が頑張ればアルクスの人々に支援が届くと侯爵に言われ、それを信じていたからだ。

(でも黙っていることで、私はジークヴァルド様を騙していることになる)

故郷の人達のために、他の人に不誠実な行いをすることなんて、あってはならないのだ。そんなことを考えていたら、胸にぐっと何かが込み上げて来た。

「ごめんなさい。いえ……本当に申し訳ありません。こんなに大切にしていただいたのに、ずっと黙っていて……本当のことが言えなくて。こんなに言うのが遅くなって……」

レイニーは改めて目の前の人を見つめた。彼は何も言わずにレイニーをじっとその温かい緑色の目で見つめている。ふと領境で盗賊に襲われた時に、差し伸べてくれた彼の手と彼の瞳の色を思い出していた。

(私を案じてくれて、抱きしめてくれた人。お父様以外で初めて手を繋いだ男の人。初めてのキスをして大切に抱いてくれた人。……私が、生まれて初めて好きになった人)

穏やかで不器用で、少し口下手だけれど、頼り甲斐(がい)があって優しい人だ……。

（そして神様の前で誓って、私の、旦那様になった人……）

けれどかりそめの結婚は、真実を告げた途端に終わるかもしれないのだ。そう思ったら、想像以上に悲しくて苦しくて、うるっと涙が込み上げて来そうになって、奥歯を噛んで泣きそうになるのを咄嗟に押さえ込む。

ここで泣く資格は、彼をずっと騙してきたレイニーにはないのだから。

「本当に申し訳ございません」

せめてその気持ちが本当だと伝えたくて、深々と頭を下げた瞬間、ずっと無表情だった彼が、はぁっと大きく息を吐き出した。

「……すまない、謝らないといけないのは、俺の方だ……」

そう言うと彼はそっとレイニーの手を取った。

「貴女がずっと、何かを悩んでいるのは気づいていた。それが貴女の聖女としての力についてである可能性も想像はしていた……」

深く沈んだ彼の声に、レイニーはゆっくりと顔を上げる。すると彼女を見つめていた彼と正面から目が合った。

「でもこちらからは聞けなかった。もし貴女が悩んでいることがこんな男と結婚するのは嫌だ、ということで、だから王都に帰ると言われたらどうしようかと、そんなことばかり考えて……」

情けなさそうな顔をした彼が、レイニーが先ほどそうしたように深々と頭を下げる。

「本当に申し訳ない。貴女が……そこまで悩んでいるとは思ってもみなかった」

「……私の能力のことは？」

レイニーは目の前の人が項垂(うなだ)れている頭を見ながら、そう聞き返す。

「ああ。確かにカスラーダ侯爵は仰々しく貴女の聖女としての力を口にしていた。だが俺は実際にその力について、言葉通りには受け止めていなかった」

彼の言葉にレイニーは目を見開く。

「――え？」

それはどういう意味だろう。驚きに思わず声を上げると、ジークヴァルドはゆっくりと顔を上げて、レイニーをじっと見つめた。

「あぁ……そうだな。貴女に誤解されるくらいなら、最初から全部、話してしまおう」

彼はそう言うと、照れ隠しのように一瞬口を手で覆い、それからその手を離すとぽつりぽつりと話をした。

「俺はカスラーダ侯爵との会談の後、貴女が『聖女』かどうかではなく、レイニー自身を気に入ったから娶ることに決めた。だが当然その話をウィルヘルムに持ち帰ると、反対はしないまでも、周りは不安に思ったようだ」

まさか彼が結婚話を一人で決めてくるとは思っていなかった家臣達は大騒ぎになったのだという。そして当然のようにランドルフ達が中心になって、レイニーについて調査が行われた。そのことを、ジークヴァルドは止めなかった。

「……そう、ですよね」

調査、という言葉を聞いた途端、レイニーはそんなことすら思い付いていなかった自分に呆れて、息を漏らす。

常に緊張する国境線を預かる伯爵家として、おかしな女性を娶るわけにはいかないだろう。それに微妙な関係の、隣の領地からの縁談だ。美辞麗句に彩られたとんでもない女性を領主の妻として迎えるわけにはいかないだろう。

いくらジークヴァルドが気に入った、などと言っても、レイニーについていろいろ調べるのは当然だ。もちろん領主自身の結婚だから、最終決定権が彼にあるとしても……。

「……つまり、ジークヴァルド様は、私が輿入れする時には、私が雨を降らせる力がもうないかもしれないということも、全部知っていた、と言うことでしょうか?」

「ああ。だがそれでも構わなかった。最初から話しているが、俺はレイニーに一目惚れしたんだ。別に雨を降らせる力を目的に結婚したわけじゃない。……と、いうことを何度も貴女に伝えたつもりだったんだが……伝え方が悪かったんだな」

じっと彼と目を合わせると、何で伝わっていないのだろうというような困った顔をしている。レイニーはそのいつでも穏やかな緑色の瞳を見ていると、なんだか緊張が抜けて、よく理由のわからない笑いが込み上げて来た。

「全然……全然わかりませんでした。私のことを好いてくださっている、というのは伝えていただきましたけれど、『慈雨の乙女』については……お互い何も話をしなかったじゃないですか」

「俺にとってはどうでもいいことだったとしても、貴女にとっては簡単に言葉にできないほど深刻なことだったんだな」

彼はそう言うと立ち上がり、レイニーの隣に来る。

「俺は貴方の悩んでいる様子を追及して、貴女が王都に帰りたいと言い出したらどうしようと思っていたし……」

「私は、『慈雨の乙女』としての力がないのなら、離縁されるかもしれないって思っていたので」

「だが、これでお互い秘密はなくなった。それに……」

彼は立ち上がり、座っていたレイニーの額にキスをする。

「俺は、貴女が俺を信じて、自分からすべてを話してくれたことが何よりも嬉しい」

レイニーが王都に帰る、と言い出すのが怖かったとジークヴァルドは言っていた。だが彼は何かレイニーが夫に言えない秘密があることには気づいていたけれど、ジークヴァルドを信じて、彼女自身から話せる時が来るのをずっと待っていてくれたのだろう。

「……お伝えするのが遅くなってすみません」

レイニーが謝ると彼女の前に立ち、その体を軽々と持ち上げた。

「きゃっ」

思わず悲鳴を上げて、彼に抱き着くとジークヴァルドは楽しげにクックッと笑う。

「気にしないでくれ。貴女と俺が出会ってからまだ数ヶ月。そして……これから何十年と一緒にいるのだから」

「でも……」

彼に抱き上げられながら、まだ申し訳ない気持ちで彼の顔を見上げると、ジークヴァルドは緑色の目を細めて微笑む。

「だったら、今から一つだけ、俺の願いを叶えて欲しい」

ジークヴァルドはレイニーを見下ろしながら首を傾げた。レイニーは少しでも心を軽くしたくて、彼の言葉に頷いた。

「はい、もちろん。私のできることなら何でもします」

すると彼は困ったような顔をして、小さく苦笑をする。それから視線を逸らし、彼女を抱き上げたままゆっくりとベッドに向かって歩いていく。

「……今夜は俺がしたいように、貴女を抱いてもいいだろうか？　今まで……レイニーが大事すぎて、自分のしたいようにはできていなかったんだ」

「……え？」

結構な頻度で、閨を共に過ごしていたし、彼を不足させるようなことがあったのだろうか、と思っている間に、ベッドにおろされ、押し倒されていた。

「あの……足りなかった、ということですか？」

「あぁ、貴女が恥ずかしがるから……。だが今夜は灯りも消さないし、貴女にダメと言われても、思うさま貪り食ってやろうと思う」

そう言うと、彼はニヤリと獰猛に笑った。

「え、あの……」

戸惑いを口にしようとした唇を奪われて、荒っぽく寝間着を脱がされていく。大きな手が胸を覆い、キスをしながら胸を揉み立てられる。既に彼に馴染んだ体は、少しだけ荒っぽく触れられても、ゾクゾクと快感を拾い始めている。

「んんんっ……ん、はぁ」

思わずキスから逃げて、息を吸うと、彼は目を細めて笑った。

「キスをしている間は、鼻で息をしたら大丈夫だろう？」

初夜の時の話を言われているのだ、と気づいてカッと体が熱くなる。

「あぁ、先ほど貴女が飲み干した酒だが……」

だがジークヴァルドは全然違う話をレイニーの耳元で囁く。呼気は甘い酒の匂いを孕んでいる。蕩けるように濃厚な、閨の匂いだ。

「あれは新春の祝いの酒だが……あの酒を飲んで新春の夜に閨事をすると、一年間、夫婦円満でいられるそうだ。……催淫成分がある薬草を漬け込んであるから甘いのだが……レイニーは一気に飲み干したな。大丈夫か？」

そう言いながら彼は濡れた唇でレイニーの耳朶を食む。思わずビクンと体が震えた。

「催……淫？」

「あぁ、女性は感じやすくなって、たくさん蜜が溢れてくる。夫を受け入れて悦びを感じやすくなるらしい……」

その言葉にレイニーが目を見開くと、彼は首筋に唇を這わせながら、レイニーの下腹部に指を進めていく。まるで、どれだけ濡れやすくなっているか確認するように。

「あぁっ……」

いきなり膝の裏に手を入れて持ち上げられる。そのまま下着の上から蜜口のあたりを無骨な指がゆっくりとなぞる。瞬間、彼が機嫌良さそうにフッと吐息をつく。

「レイニーもずいぶん感じやすくなったな……」

布一枚越しの愛撫にもどかしい感じを覚える自分が、恥ずかしくてじわっと体が熱くなる。

「ジークヴァルド、様っ」

彼はレイニーの首筋から胸元へ唇を降らせながら、何度も蜜口を撫でる。そのうち布越しにも関わらず、ぬちぬちと淫靡な水音がし始めた。

「そろそろ、愛称で呼んでもらってもいいと思うが。俺は貴女の夫だし、俺の名前は少々長いから、これからずっと呼び続けるには不便だろう？」

彼が胸元から顔を上げ、レイニーを上目使いに見上げる。欲望に煙ったジークヴァルドの視線にゾクリと背筋に官能交じりの感覚が走る。

「ジークヴァルド様の……愛称？」

それは、ヒルデガルドや、彼の従兄弟のランドルフが呼んでいる、ヴァル、という言い方だろうか。

「ああ。親しい身内は俺のことをヴァル、と呼ぶ。貴女にもそう呼んでもらいたい。もちろん……様付けもしないでくれ。大切な家族とは常に対等でいたいんだ」

そっと頬に手を伸ばし、軽く触れるようにキスをして彼は懇願する。

「……ヴァル……さ」

様と付けそうになって、慌てて止めると、彼は嬉しそうにレイニーにキスをした。

「それでいい。秘密もなくなったし、これから先は何でも俺に話をしてくれ。そして俺と一緒にこの領地で俺の傍らで、ずっと一緒にいて欲しい」

彼の言葉に胸が熱くなる。

「……私、ずっとここにいて、ヴァル……の、隣にいても、いいんですか？」

期待を込めて彼の目を見ると、彼は柔らかくその目を細めた。

「ああ、ずっと隣にいて欲しい。……貴女が好きだ。出会った時から、レイニーと一緒に生きて行きたいと、そう思ったんだ。だから貴女がどこの誰の養子であろうと、教会の聖女であろうがなかろうが、俺にはそんなことは関係ない。レイニーを愛しているから……」

レイニーの目をじっと見つめて言われた告白に、彼女の目の前の世界は鮮やかに色付く。彼の銀色の髪も、緑の瞳まで今まで見えていた世界は、褪せた絵の具で彩られていたのではないかと思うほど、世界が変わって見えた。

そしてもう二度と得られないだろうと思っていたすべてを、今、自分の手に得られたことにレイニーは気づく。震える息を吐き、ドキドキとしながら彼を見つめた。

「……ありがとう、ございます。私もヴァルのことが、好きです。……大好きです」

今までレイニーのことを『愛している』と言ってくれたのは、亡くなった両親だけだった。けれどレイニーは大人になり自分の伴侶から『愛している』という言葉を得られたのだ。

（私はもう、一人じゃない……）

その大きな事実を実感して、思わず涙を溢れさせると、その雫をジークヴァルドが吸い取る。

「あぁ、レイニーは泣き虫で本当に可愛い。やっぱり今夜は我慢できそうにない。覚悟してくれ……」

ぎゅっとレイニーを抱きしめると、彼は身を起こして自ら身に着けている物を全部脱ぎ捨てた。彼の体には多くの傷があることをレイニーは知っている。その一つ一つは、国境線での戦いで受けた物だという。ジークヴァルドはレイニーに何も言わないが、きっと今までもこれからも過酷な戦いを続けていくのだろう。

（だったらせめて私が、この人が安らかに眠れる支えになれたらいい……）

愛おしい気持ちが込み上げて来て、そっと彼に向かって両手を伸ばす。

「はい、私は貴方の妻ですから……存分にしていただいていいのです」

彼の首筋に腕を伸ばすと、彼はレイニーに首に手を回させたまま、彼女の衣装を剥いでいく。

「あぁっ」

全裸になると、そのまま彼は胸にしゃぶりつく。熱っぽい舌に舐め回されてゾクゾクとする。先ほど飲んだお酒が回っているのか、感覚が鋭くて彼の頭に指先を入れて、短い髪を何度も梳く。

「ぁ、そこ……」

大きな手で胸を包まれ、硬くなった乳頭を吸われる。そのたびにチカチカと頭の中で白い物が点滅するような気がする。彼の厚く逞しい体に包まれると、その重量感にうっとりとしてしまう。

(あぁ……早く、全部受け入れてしまいたい)

いつも彼は十分な時間をかけて、レイニーを高めてくれる。けれど今日はお酒のせいか、それともお互いの気持ちを伝え合ったせいか、早く彼が欲しくてたまらない。

「ヴァル……」

そっと彼の名を呼びかけると、彼は夢中になって貪っていた胸から顔を上げた。そっと彼の背中から指先を滑らせて、硬く引き締まった臀部に触れる。ビクンと微かに彼が身を震わせたのが可愛くて、こんなに立派な男の人を可愛いと思ってしまう自分が不思議で、蕩けるような声で彼を強請った。

「お願い。今夜は……貴方が早く欲しいの……」

そう囁いた瞬間、彼の全身が火のように熱くなる。

「……愛妻の望みとあらば、喜んで」

ぎゅっと目を瞑りゴクリと喉を鳴らす。彼は身を起こしてレイニーの足元に蹲り、彼女を膝の上に抱きかかえる。

「あの……」

レイニーの戸惑いを無視して、彼はレイニーを抱き上げると、自らの屹立するモノを調整し、その上で彼女を座らせようとした。そうすれば当然……。

「あ、あぁっ！」

いきなり彼が中に入ってきて、一瞬頭が白くなる。彼が低く吠えた。

「あぁ、レイニー。最高だ」

レイニーの腰に手を回し、逃げられないようにしてから彼は口づける。下から小刻みに揺らされて、中が掻き回されるみたいだ。胸は彼の体に擦りつけられて、先ほどまで彼に吸われていた胸の先が押しつぶされるように当たり、彼が腰を揺するたびに体中の気持ちいいところが、すべて彼と触れ合う。張り詰めた彼の太ももがレイニーを受け止めて、何度もリズミカルに撥ね上がる。

「あぁ、は、ぁう……ひ、ぁあう」

彼の大きなモノが、レイニーのお腹の奥まで届いている。彼の物でみちみちで、動くたびにお腹の中から彼に支配されているような気持ちになる。

「あ、ぁ。ヴァルで……いっぱい……」

全部が彼に満たされたような気持ちになって、先ほどからビクビクと体の震えが止まらない。はぁ、はぁと溢れる息は全部淫らな喘ぎになる。

「ぁ、きもち、いいの、ぜんぶ……は、あぁっ……すき、なのっ」

たまらなくて声を上げて啼く。彼のうなじを抱いて彼が動きやすいように身を任せると、彼は息だけを荒らげてレイニーの中を何度も穿つ。彼の張り出しがレイニーの中を擦り立て、感じやすい尖りは彼の体に押しつけ広げられ、刺激されている。

「と、けちゃう……」

気持ちよくて、頭がぼんやりとしてくる。ただただ彼と触れ合っているすべてがレイニーに官能をもたらす。ジークヴァルドが愛しくてたまらない。

「ヴァル、好き……」

慣れないながらも彼の名を呼ぶと、彼は一層中で張り詰める。それが嬉しくてお腹の中がズクッと疼いた途端、悦びの感覚が込み上げてくる。

「あ、あ、ダメ……そんなにされたら……キちゃう、のぉ」

気づけば彼の腰の動きに合わせて、淫らに腰を振っていた。気持ちいいところが触れると、そのたびに快感が脳を占めていく。

「あぁ、レイニー。貴女は本当に愛おしい人だ」

ぎゅっと腰を抱かれ、彼をさらに深く受け入れ抉られるような感覚の瞬間、レイニーは愉悦の果てを見る。

「ひ、ぁあっ、あ、あぁ、ダメ。も。……イっちゃうっ」

ひくんひくんと体を撥ね上げながら、次の瞬間、レイニーは達していた。感覚すべてが鋭くなり、彼にひたすらしがみついて、絶頂を感じていると……。

「あぁ、レイニー、達する貴女は本当に可愛い。たまらない……」

そう言いながら、彼はレイニーをベッドに押し倒した。両手を捕らえベッドに縫い止めて、激しく腰を送る。

「あ、ダメ。そんな奥まで……おかしく、なっちゃう……」

完全に達している最中に押し倒されて、上からのし掛かられる。先ほどまでの、さらに奥まで硬く硬く張り詰め、熱を帯びた彼が入ってくる。

(こわれ……ちゃう)

そのくらい彼のそれは大きくて、そして彼の力は強い。けれど夢中になってくれている彼の蕩けるような表情を見た瞬間、レイニーもまたもう一つ先の官能に手が届きそうになる。

(あぁ、私、この人に壊されてもいいかもしれない)

愛されて、涸れ果てた泉に水が溢れてくる。こんこんと湧き出す泉は、レイニーの心と体を満たしていく。

「あぁ、レイニー、好きだ。愛してる……」

何度も愛を囁かれ、貫かれる。感覚は鋭くなりっぱなしで、ジークヴァルドを中で感じて、中から満たされる感覚は至福の極みだ。愛おしい人に愛されて、レイニーの心は幸福感で満ちていく。

「ヴァル、私、幸せです……」

「あぁ、俺も幸せだ」

彼は昂った気持ちをそのままレイニーの中に沈めていく。最奥で彼が震えると、ようやく彼はレイニーの中で昂った欲望を吐き出すつもりになったようだ。レイニーの中は彼でいっぱいに満たされていく。

最後の絶頂の果てに、レイニーは彼の精を受け止めて、ゆっくりと意識を落としていった。


ぼんやりと目が覚めると、ジークヴァルドがレイニーを腕枕で寝かせている。だが彼は眠ることなく起きていたようだった。

「……あぁ、目が覚めたか……」

どうやらあたりの様子を見れば、まだ夜は明けていないらしい。レイニーがぼんやりとしていると、彼はそっと唇にキスをした。

「……もう少しだけ、付き合ってもらえないか？」

ハッとしたレイニーは腰のあたりに触れたモノで、彼が未だに萎えていないことを知る。

（そういえば……私だけ何度も達しちゃって……）

乱れに乱れた自分のセリフの断片が浮かび、カッと体中が熱くなる。

（これだけ体の大きな人だから、きっと……全然足りなかったんだ）

『存分にしてください』と約束したではないか。レイニーは決意して、彼の顔を見上げた。

「はい、貴方のしたいように……」

答えた瞬間、彼は大きく息を吸い、レイニーにうつ伏せになるように言った。

「さすがに疲れているだろう？　レイニーは何もしなくていい。できる限り負担が少ないように、貴女を抱くから」

そう言うと、彼はレイニーの腰を上げさせた。とろりと中から彼に注がれた精が零れる感覚がして、ゾクッと体が震えた。

「あぁ、貴女のお尻も可愛いな」

突然そんなことを言われて、背筋からお尻にかけて、彼がキスを落としていく。その感覚にぞわぞわと先ほどまで睡眠に落ちていた肌の感覚が戻ってくる。

「あ、ぁあ……」

漏れた吐息を確認すると、彼はレイニーのお腹のあたりから手を入れてゆっくりと上に持ち上げ、やわやわと胸に触れる。先ほどまで疲れ果てていると思ったのに、彼に触れられると悦びがじんわりと溢れてくる。

「やぁ……ヴァル、そんなにしちゃ……」

すると彼はゆっくりと撫で回していたお尻の凹みを通り、蜜口の方にまで指を下げていく。

「レイニーは感じやすくて本当にいい」

彼はレイニーの背中に自らの腹を沿わせるようにして抱きしめる。耳元で甘く囁く。

「また……トロトロになっている」

言われると恥ずかしさと共に感覚が鋭くなる。彼はゆっくりと指を突き立てると、中を確認するように動かす。そのたびに、ぴちゃ、くちゅ、と感じている音がした。

「俺のと、あなたのでドロドロで……もうすぐに受け入れてくれそうだ……」

そう言いながら、今度はじっくりと後ろからレイニーを抱いた。焦らすようにゆっくりと中に彼が入ってくると、先ほど深い官能を味わったレイニーの中は、それだけできゅぅっとジークヴァルドを締め付ける。

「あぁっ！」

思わず声を上げて腰を揺らしてしまう。

「レイニー、疲れているんだろう？　そんなに一生懸命、腰を振らなくても良いぞ」

「あぁ、そんな……」

淫らなことなどしていないと言いたいのに、彼が味わうように、じっくりとレイニーの中を貫く感覚にたまらなくなり、自ら腰を揺らしていた。もっと深く、たっぷりと彼を味わおうとしてしまう。

「あぁ、恥ずかしい……やだっ。そんなんじゃっ……ないの、に」

理性ではなんて淫らなことをしているのかと思うのに、気持ちよすぎて腰の動きが止められない。

余裕のある彼はレイニーが乱れるのをじっくりと追い込み、楽しんでいる様子だ。

「気持ちよくてたまらなさそうだ。自分から欲しがってくるなんて、レイニーは本当に可愛い」

気づけば、緩い責めを続ける彼を煽るようにきゅうきゅうと締め付けて、レイニーの官能がさらに高まっていることを彼に知らしめ続けている。

「あぁ、だめ……そんなっ……動いちゃうっ。……私、はしたなくてごめんなさい……」

彼にじっくりと擦り上げられるたびに、体の奥から果てのない快感がこんこんと湧き出してくる。抑えきれない喘ぎを零しながら、彼が欲しくて強請るように淫らに腰を振って動いてしまう。

「あぁ、レイニー。恥ずかしがられると……余計に追いつめたくなるな……」

貞淑さと快楽を求めて乱れる姿。相反する自分に戸惑うレイニーを見て、興奮が高まった彼は、先ほどまでの余裕を捨てて、レイニーの腰を抱いた。

「あと少しだけ……付き合ってくれ」

グイと腰を持ち上げられると、彼は奥深くまで楔を打ち込む。先ほどまであやすように抱かれていたのが、一気に彼の激しい獣欲をぶつけられて、感覚が研ぎ澄まされる。

ふと振り向くと、普段優しいジークヴァルドとは違う、美しい獣のような雄の顔をしていて、全身がゾクリと甘い歓喜に震えた。

「あぁっ」

ガツンとくるような官能に目を見開き、ハクハクと息を継ぐ。大きく腰を撓らせた彼は、レイニーの腰を逃すことなく、最奥まで打ち付ける。痛くなりそうな激しさなのに、奥まで溶けてしまっているから、その充溢感はレイニーを更に深い官能に導く。

(気持ちいい、気持ちいい、おかしく……なるっ)

必死でシーツを掴み、愉悦を堪える。中の襞も入り口の感じやすい芽も、硬く熱い彼に擦り立てられ、レイニーを絶頂の淵に追い込んでいく。とろとろに蜜が溢れて、したたり落ちるのがわかる。彼の手がレイニーの胸に伸び、硬く張り詰めた胸を覆い、指先で凝る先を擦り立てた。

同時に複数箇所に送り込まれる快感に、レイニーは翻弄され、言葉にならず、ただ声が掠れるまで啼く。

「レイニー、愛している」

耳元に熱っぽく囁かれた言葉に全身が歓喜に震える。とろとろに蕩けている彼女の中を硬くはち切れんばかりに張り詰めた彼が蹂躙する。感じるほど彼を締め付けるレイニーは、あっという間に与えられる快楽に意識のすべてを奪われていき……。

「レイニー、俺も……っ」

一際高く啼いて、絶頂に達したレイニーの腰を捕らえたまま、呼吸を乱した夫はレイニーの最奥で熱を注ぎ込む。深く達した彼は、そっとレイニーの肩口にキスを落とし、それから彼女の腰を抱いて、彼女の体が楽になるように横たえた。

「ありがとう、レイニー。俺を信じてくれて……」

愛おしげに微笑むと、意識がもうろうとしている彼女の額に、そっとキスを落としたのだった。

第七章　嵐が始まる予感

新年の夜は、ジークヴァルドがレイニーを思う様貪り、夜が更けた。翌朝レイニーはとてもではないが、ベッドからおりることすらできず……。

「すまん……昨日は本当に無理をさせてしまった。だが……貴女が可愛すぎて……抑えきれなかったんだ」

昨日はあんなに獰猛にレイニーを求めたくせに、しょぼんと落ち込む夫を見てつい絆されてしまう。彼が大型犬なら、尻尾と耳を下げているのではないだろうか。新春の挨拶を終えると、家門の人間達は、翌朝にはほとんど引き払ったらしい。新年の二日目は家族でのんびりと過ごすのがこのあたりの習慣なのだと言って、屋敷に残る人間もわずかだ。

「私が、良いと言ったのですから……」

それに朝目覚めた直後にしては、ありえないほど体中が痛いしクタクタだけれど、心の中がとても温かい。

（本当の意味で……彼と夫婦になれた気がする）

ずっと心の底で引っ掛かっていたことを正直に伝えられたこと、それを彼が受け入れてくれたこと。

（私が『慈雨の乙女』かどうかなんて、関係ないって言ってくれたこと……）

それが何よりも嬉しい。嬉しさにじわっと体温が込み上げてくると、頬が熱い。そんなことを思いながらレイニーの思いにも気づかず、しょんぼりしている夫をなんだか励ましたくなってしまった。

「私は……ヴァルに愛されているんだなって実感できて、すごく……幸せだったんです。落ち込まないでください」

そう声をかけると、彼はパッと顔を上げて、次の瞬間、とても真摯な表情をした。

「レイニー、朝の光の中で見る貴女は本当に綺麗だ。俺だけの……大切な妻だ」

ゆっくりと手を伸ばし、レイニーの頬を優しく撫でる。幸せそうに下がった彼の眦（まなじり）に、疑いようのない愛を感じた。そしてその愛はレイニーの気持ちを奥底から満たしていく。

「ヴァルも、私の大切な夫です。ずっと……傍にいたいです。貴方と一緒なら、それにここの人達と一緒に過ごすなら、ウィルヘルムの冬は心が満たされる暖かい冬になります」

じっと彼を見つめてそう告げると、彼はくしゃりと少年のように笑い、レイニーの唇に自らのそれを寄せる。

「んっ……」

一度触れて、それでは足りないというように彼は顔を上げると、ひょいと彼女を膝の上に抱える。

「レイニー、愛してる」

その言葉に答えようとした途端、大きな体に包まれてぎゅっと抱きしめられキスをされて、彼女の答えは彼の唇に直接触れる。

（あぁ、本当にこの人が愛おしい……）

父が病弱な母をずっと大切にしていたように、きっと彼も深い愛情を妻に注ぎ続ける人だろう。もう……レイニーは一人になる事はないのだと確信する。

「んっ……」

ちゅ、ちゅ、と何度も口づけられ、髪を撫でられる。

「あぁ、貴女を妻にできたのは俺の一番の幸福だ」

「本当に……可愛すぎてどうしていいんだ？」

合間に囁かれる言葉は、口下手な彼なりの愛情表現だ。彼が耐えきれず唇を割ると、舌が彼女の小さな舌を攫う。

「んっ……あぁ、はっ……」

とろんとした甘さに、意識が飛びそうになる。だが、姿勢を変えた途端にズキリと体が痛んで、ハッとする。慌ててぺしぺしと彼を叩くと、彼が顔を上げた。

「今朝はもうダメです。これ以上したら、壊れちゃいます」

悪戯っぽく笑って彼の頬を撫でると、またもやしょぼんとした顔をするのが愛おしい。

「あぁ、確かにこのままじゃダメだな。まずは風呂に入ってきたらどうだろうか？」

「えっと……ヴァルは？」

前回の風呂のことを思い出し、念のため確認するように聞くと、普段から鍛えている夫は、あれだけ激しく動いていたのになんていうこともなく、既に朝に起きて風呂に入ってきたらしい。レイニーは、先に彼が風呂を済ませていたと知って、少しだけホッとして頷く。

彼の勧めに従って、ベルを鳴らすとヤスミンが入ってくる。昨夜のことを思い出すと、こんな状態の姿を見られるのは恥ずかしくて耐えられない気持ちになるが……。

「レイニーを風呂に入れてやってくれ。後、出てきたら食事を準備してほしい……」

彼の言葉にヤスミンは頷いて、風呂と食事の準備を担当の者達に指示を出してくる。それから再び戻ってきたヤスミンと共にレイニーは風呂に向かった。

ヤスミンに頼んで、先に浴場に入り湯をかけて昨夜の汚れを落とす。一人で風呂に浸かってからヤスミンを呼んだ。

「昨日はお疲れだったでしょう?」

にっこりと笑うヤスミンになんて答えて良いのかわからない。彼女はそんなレイニーを見て優しく微笑み、髪を浴槽の外に出すと洗い始めた。

「……ねえ、ヤスミンは新年二日目なのに、家に帰らなくてもいいの?」

新年の二日目は家族と過ごすのがこの地域の習わしだという。ふと気になって尋ねると、彼女は石鹸でたっぷり洗った髪を荒い櫛でときながら答える。

「ええ、明日帰らせてもらう予定なんです。私の妹は城で侍女をしていて、弟も騎士団所属なので。人の少ない二日目は城で勤務について、三日目に家に集まるんです」

「そう、ヤスミンが一番上？」

そう尋ねると、彼女はレイニーの頭を揉みほぐしながら頷く。

「はい。実家には長いこと胸を患っている母と、末の妹が住んでいるんです。家はお城からさほど遠くはないのですけど、仕事のお休みがなかなか合わないので、家族全員が集まれるのは新年の三日目ぐらいだけなんです」

ヤスミンの父である男爵は、城の文官として務めている。だから今年も全員が集まるのは明日なのだという。

「家族みんなで会えるのがとても楽しみなんです」

笑顔でそう言うヤスミンは、きっと家族の愛に囲まれていたからこそ、こんなに穏やかで優しいのだろう。レイニーはふと両親のことを思い出し、それからジークヴァルドのことを考える。

（隠していたことをすべて話して、ちゃんと受け入れてもらえた……）

『慈雨の乙女』ではなくて、ただ一人の女性「レイニー」として彼は自分を愛していると言ってくれたのだ。

（私はもう一度、私の家族を得ることができるのかもしれない……ヴァルと一緒なら）

特別な身内だけが使っている彼の愛称を心の中で呼ぶ。彼女の夫となったジークヴァルドは、昨夜は何度も愛していると囁きながら、レイニーの中に精を注いだ。そんな日々が続いて、レイニーの中に愛が結実したとしたら……。

(本当に、夢、みたい……)

無意識でお腹に手を当てて夢想する。

強くて優しい、愛おしい夫と、その間に授かった子供。もちろん男の子でも女の子でもいい。そんな幼い子が自分を見て嬉しそうに微笑んでくれたら……。

そんな光景を想像していると、じわりと涙が込み上げてくる。

「レ、レイニー様、大丈夫、ですか?」

ハッとしたヤスミンが、慌ててタオルで涙を拭ってくれる。

「大丈夫。ただ……幸せで……。ヴァルは優しいし。ヒルデガルド様も、ヤスミンも、皆優しくて……。私ウィルヘルムに嫁いで来られて、本当に幸運だったなって……」

レイニーは風呂の中で少し泣いて、自分の幸運を神に感謝した。

＊＊＊

そして冬ごもりの幸せな日々は続く。新年の宴から一月ほど経った頃、レイニーは再びヒルデガルドの下を訪ねていた。

「レイニーさん、そっちはどう？」

「はい、今お茶を入れましたので……準備、できてます」

すっかり息の合っている二人を見て、少しだけ困ったように、だが嬉しそうな顔をして、小さな椅子に腰かけているのはジークヴァルドだ。隣にはランドルフがいて皿を並べ、準備を手伝ってくれている。

「さあ、特製のパイが焼けたわよ。熱々のうちに召し上がれ」

焼きたてで湯気を上げているパイがテーブルの上に載ると、レイニーは素早くそれを切り分けて、各々の前に並べる。

「レイニーさんが作ってくれたジャムを入れたパイよ。隣にはアイスを添えましょうね」

小屋のテーブルの上は今日もまたたくさんの料理で溢れかえっている。アイスクリームは、ウィルヘルムに来て初めて食べた。ミルクや卵を混ぜて凍らせたものらしく、外が零下になるこの時期に、温かい暖炉の前で食べるのが、この地方の最高の楽しみらしい。

ヒルデガルドはそれを大きなスプーンですくい取ると、切り分けられた焼きたてのパイの横に添えて渡してくる。

「伯母様のパイを食べるの、久しぶりですね」

城では前領主夫人であるヒルデガルドを、けっして伯母様とは呼ばないランドルフだが、この家にいる間はヒルデガルド本人の意向で、実母の姉である彼女を伯母様と呼ぶ。笑顔のランドルフは、早速フォークをパイに突き立てて一口それを食べると、アチチと声を上げた。それを見てレイニーは思わず笑ってしまう。

「ランドルフは、三人の子供の父親になっても落ち着かないわね。まあ昔から、老けて見えるヴァルが年上に見られていたっけ」

くすくすと笑っているヒルデガルドに、憮然(ぶぜん)とした顔をするジークヴァルド。温かい家族の光景に、レイニーは笑っているふりをしながら、零れる涙を指先で払う。

「ほら、レイニーさん。アイス、溶けちゃうわよ。早く食べないと」

みんな優しすぎるから、だからもっともっと甘えたくなってしまうのだ。

「あの……ヒルデガルド様、私のことも、呼び捨てで呼んでいただけませんか？」

娘のように、と言えずにレイニーがヒルデガルドに請うと、彼女はくすりと悪戯っぽく笑う。

「あら、それはダメよ」

けれど言われた言葉は、恐ろしいほどあっさりとした否定の言葉で……。

「母上……」

「伯母様……」

一瞬空気が凍ってしまう。だが次の瞬間、ヒルデガルドはレイニーの手を取って柔らかく微笑んだ。

「……貴女が私をお母様、って呼んでくれないとね」

その言葉にハッとする。それからレイニーは、ぎゅっと彼女の手を握り返して、親愛の籠もった表情を浮かべ、じっと見上げる。

「あの……お母様、とお呼びしても……？」

久しぶりにその言葉を口にした刹那、レイニーの周りに暖かい風が吹き込み、故郷の香りに包まれたような気がした。

例えば春に摘んで母の枕元に届けた花の香りや、抱きしめてもらった時の母の香水の匂い。秋の夕暮れ、脱穀した後の麦藁の上に、父に抱き上げて載せてもらった時のお日様のような香り。幼い日の、笑顔と幸せな記憶がレイニーの全身を包んだ。

「なぁに、レイニー。……って……もう、貴女は本当に泣き虫ね」

笑顔でレイニーの呼びかけに答えた次の瞬間、隣に座っていたヒルデガルドはレイニーをふわりと抱きしめる。先ほど自分の指先で払えた涙は、今は次から次へと溢れ出て、指ではもう払えなくなってしまっていた。

「ごめんなさい……」

慌てて謝ったけれど、また頭を撫でられて抱き寄せられて素直にヒルデガルドの肩に顔を埋める。ヒルデガルドからは、母と良く似た石鹸と香水の匂いがする。

「母上。……いつも俺より先にレイニーを抱きしめるのはやめてもらえませんか？　妻の涙を拭うのは、夫の役割だと思うのですが……」

すると憮然としたジークヴァルドの声が聞こえて、レイニーは涙目のまま顔を上げると、不満げな表情で実母と妻をじっと見ている夫の姿があった。

「ははは、ヴァル、もしかして妬いているのか？」

大笑いしてジークヴァルドの肩を叩くランドルフと、楽しげに笑いながら、『私の娘は貴方にはあげないわよ』とわざと息子を煽るヒルデガルド。必死にレイニーに手を伸ばし、母から取り戻そうとするジークヴァルド。

（……幸せで、幸せで……）

やっぱり涙が溢れて止まらなくて、レイニーはようやく彼女を取り戻した夫に抱きしめられながら、止めようのない涙をぼろぼろと零す。

「すまない。何か気にくわないことがあったのだろうか？」

ますます泣いてしまったレイニーを見て、おろおろとする夫に愛おしさを感じて、今度は夫をぎゅっと抱きしめてレイニーは囁く。

「幸せすぎて……涙が溢れることだって、あるんです」

レイニーが彼の胸に顔を寄せたままそう囁くと、ジークヴァルドはホッと息を吐き、レイニーが泣き止むまで彼女の頭を撫でてくれたのだった。

＊＊＊

レイニーの生活は、北国の長い冬が半ばを超える頃には、以前からは想像ができないほど、穏やかで幸せなものになっている。夫と共に眠り、暖かいベッドで目覚める。ジークヴァルドの愛おしげな笑顔と朝の挨拶のキスでベッドからおりて、優しい侍女達に囲まれて支度をし、騎士団の訓練に行く前の夫と、毎朝食事を共に取った。

そして日中は辺境伯夫人としての教育をヒルデガルドから受ける。今日は雪が止んでいるので、昼食後は、町の孤児院に奉仕活動に向かう予定で、ヤスミンを従えてヒルデガルドと共に雪馬車で移動していた。雪馬車とは車輪の代わりに橇（そり）を装備したもので、この時期には便利に利用されるものらしい。

「今年は春の訪れが遅そうね……」

外の降り積もった雪を見ながら、ヒルデガルドは心配そうに呟く。

「二日前にも孤児院に行ってきたところなのよ。春が来て、子供達が外を走り回る姿を早く見たいわ」

一瞬の憂い顔は、子供達を思い浮かべた途端、明るいものに変わる。にこにこと話をするヒルデガルドの言葉に、ヤスミンも笑顔で頷く。王都ではこの時期には様々な緑が芽吹き、冬の終わりを告げる花が咲いたりするのだが、窓から見たウィルヘルムの景色は冬のただ中といった景色だ。

それでも雪山に慣れた北方の馬が引く雪馬車を使えば、何の問題もなく目的地である町にたどり着いた。

「レイニー様、この寒い中わざわざお越しいただきまして、ありがとうございます。ヒルデガルド様は、二日ぶりですね」

教会に併設された孤児院では、いつもレイニー達が訪ねると子供達が出迎えてくれる。けれど今回は子供の数が少ないような気がする。

「あら……子供達が少ないようだけど……」

同じことを思ったのだろう、ヒルデガルドが尋ねると、修道女は眉を下げた。

「このところ、風邪を引く子が増えていて。町でも年寄りが体調を崩しているようです。まあ……この寒さですし、空気も乾き切っていますから……」

「ええ。いつもなら、この頃には日中は暖かい日も増えてくるはずなのですが……」

そう言うと修道女達は曇った空を見上げる。今日明日は降らないだろうと言われているが、それでも春の空にはほど遠い曇天だ。空同様曇った顔をしている修道女達を見て、ヒルデガルドはいつも通り、穏やかだが明るい表情を浮かべてみせた。

「今日は、お菓子をたくさん焼いてきているから、病気の子のお見舞いしてもいいかしら?」

笑顔で語りかけられても、修道女達は『万が一、風邪が移ったら大変ですから』と止めた。だが優しいが頑固なところのあるヒルデガルドは笑顔のまま、少々強引に押し切って子供達の見舞いに行く。

「こんにちは。今日はお菓子を持ってきたの」

比較的程度の軽い子供達が休んでいる部屋に入っていくと、子供達は熱のせいか少し赤い頬をしながらも、嬉しそうにベッドから起き上がった。そしてヒルデガルドが渡してきたお菓子を大喜びで受け取った。

「早く良くなってね」

そっと額に触れて、病が早く治るようにと聖句を唱えていく。レイニーも子供達に近づいて、同じように聖句を唱えようとして、子供達の首筋に細かい斑点のようなものがあることに気づいた。

（——これ……っ）

咄嗟にレイニーは笑顔を浮かべたまま、ヒルデガルドの手を取り、耳元で囁く。

「お母様。……外で、お話したいことがあります」

ザッと顔色が悪くなったレイニーを見て、何かを感じたらしいヒルデガルドは、持っていたお菓子を付いてきた修道女に預ける。そして子供達に配るように言うとレイニーと共に部屋を出た。

「……どうしたの、いったい」

ヒルデガルドの手を掴み、グイグイと歩いていく。

「ヤスミン、熱いお湯と手を洗うための桶を持ってきて」

レイニーの言葉にヤスミンは慌てて走っていく。

慌てた修道女達が、何があったのかといぶかしがりながらも、別の部屋を用意してくれた。そこでレイニーはヤスミンの用意した盥に張ったお湯で、ヒルデガルドに手を洗うように促す。

「……何か、あったのね」

顔を強ばらせたヒルデガルドは手を洗い終わると、レイニーの顔をじっと見つめた。レイニーは先ほどの子供の首元にあった細かい斑点を思い出し、小さく頷く。

「あの……最近、こちらの町で、風邪で亡くなった人はいませんか？」

その言葉に修道女達は不安げな表情で顔を見合わせながら頷いた。

「はい、町でここ数日お年寄りが亡くなっています。二人ほど風邪で……」

この時期だ。体調を崩したお年寄りが亡くなること自体は珍しいことではない。だが……。レイニーは嫌な予感を抱きつつ、その先を続けた。

「もしかして、その人達は首のところに斑点が出ていませんでしたか？　赤い痣のような……」

レイニーの問いに、修道女達は首を傾げた。正直、そんなところには気づきもしなかったという表情だ。

「レイニー、一体何が言いたいの？　それではまるで……」

ヒルデガルドが冷静に尋ねた言葉に、修道女もヤスミンも何かに気づいたようにハッと息を飲む。

レイニーは大きく息をついてから頷いた。

「……詳しいことは、ウィルヘルム城に戻って、領主も交えて話し合いたいと思います」

「そう。だったら急いで帰り支度をしないとね」

ヒルデガルドは即座にそう答えると、ヤスミンに馬車を準備させるように指示を出す。

「あの……今は病気の子供達のお世話をする修道女は決まった人に固定してください。他の人はできるだけ接触しないように。もちろん、すぐにジークヴァルド様と相談して、具体的な指示を出しますので……今は孤児院内だけで、話を留めておいてください」

レイニーの言葉に、修道女達が頷くのを見て、急いで城に戻っていったのだった。

レイニーからの一報を受け、騎士団の訓練から戻ってきたジークヴァルドは、執務室でレイニーとヒルデガルドと話し合いをすることになった。

窓の外ではちらちらとまた雪が降り始めている。ランドルフも脇に控えている。レイニーは雨の匂いとは違う、冷たい雪の匂いを感じ、これからますます雪が強く降り始めることを確信していた。

「詳しい話を聞いてもいいだろうか」

ジークヴァルドの促しに、レイニーは自分が気づいたことを話す。

「孤児院で風邪を引いている子供達の首元に、赤い斑点が出ていました。私はこの斑点を昔見たことがあるんです」

レイニーの言葉にジークヴァルドは緊張した表情で頷く。

「どこで、見たんだ?」

レイニーはゆっくりと息を吸ってから、まっすぐ夫の顔を見て告げた。

「アルクスで……。アルクスで十二年前に流行った風邪の症状だったんです……」

その言葉に全員が息を飲んだ。南方風邪と言われたフェアウエザー王国の南部で流行った特殊な風邪は、短期間に多くの人の命を奪った。

(そう。お父様も、町の人達の命も……)

そしてその風邪をきっかけにして、レイニーは愛する人がたくさんいたアルクスを離れ、王都に向かうことになったのだ。

「南方風邪、か。……間違いは、ないのだろうか」

ジークヴァルドの言葉にレイニーは口元に手を当てて暫し思案する。

「斑点があるのを見たのは、子供が一人だけだったので……。町で調べてみるべきだと思います。それとどういう経緯で南方風邪に罹った人が出たのか」

レイニーの言葉にジークヴァルドは頷き、ランドルフと視線を合わせると、彼は一礼をしてその場を出ていった。町に情報を確認しに行くのだろう。

「もし、本当に南方風邪だとしたら……」

不安そうに尋ねるヤスミンを見て、レイニーは大きく息をつく。心臓は先ほどからドクドクと嫌な鼓動を高めているが、それでも今レイニーは一人ではない。それに……。

「大丈夫。十二年前の大流行の後、南方風邪に良く効く薬草が見つかったから。その治療薬を使えば……」

レイニーが安心させるようにヤスミンにその事実を告げる。そう、あの時と決定的に違うのは、今は南方風邪の特効薬が見つかっている、ということだ。現にあの後何度か南方風邪が流行ったことはあるが、早い時期に薬草を飲むことで最初に大流行した時のような、大変な事態にはならないですんでいるのだ。

しかしその言葉を発した瞬間、ジークヴァルドが小さく吐息をつく。

「残念ながら……ウィルヘルムで南方風邪が流行ったことはなく、治療薬はここにはない」

その言葉にレイニーは夫の顔を見上げる。それならば王都から取り寄せたらいい、そう言おうと思った瞬間、気づいてしまった。

(春が来て雪が溶けるまで、ウィルヘルムから王都には行けないんだ……)

ジークヴァルドとレイニーとの結婚誓約書すら、未だに王都には提出できておらず、領内ではレイニー達は既に夫婦だが、貴族録上で二人は夫婦ではない状態なのだ。

(結婚誓約書みたいな、大切な書類すら届けられない状態なのに、嵩張る薬草を王都から届けてもらうなんてこと……)

レイニーがその事実を悟ったのに気づいたのか、ジークヴァルドは眉を下げて申し訳なさそうな顔を彼女に向けた。

「ああ、そうだ。確かに慣れた者なら雪山を越えられなくもないが……かなり危険が伴う。そして報せに行けたとしても、雪がある程度溶けて山道が開通しないと、王都から大量に薬草を取り寄せることすら叶わない……」

そこまで言うと、ジークヴァルドはきゅっと唇を噛みしめて何かを決意したように頷いた。

「まずは町に行って、本当に南方風邪が流行り始めているのか、そしてもしそうであればどのくらいまで広がっているのか。それらを確認しなければならないな」

ジークヴァルドはそう言うと、そっとレイニーの頬に触れて慰めるように話す。

「貴女が早く気づいてくれて良かった。完全に感染が広がってから気づいたのでは、もっと大変なことになっただろう。……ありがとう、レイニー」

それだけ言うと、彼は部屋から出ていく。

「まだ南方風邪と決まったわけではないわ。でもどちらにせよ食料品は必要ね。食料庫に確認しに行きましょう」

ヒルデガルドの言葉にレイニーは頷いて、城内の貯蔵庫に向かったのだった。

＊＊＊

その日のうちに城で働く医師の診断を経て、子供達が引いている風邪も、老人が亡くなった原因も南方風邪の可能性が高いと診断された。原因は山越えをして倒れ込むように麓の村にたどり着いた男の面倒を見たことがきっかけだったらしい。村と町との行き来で、南方風邪に罹った人間が町に来て一気に広がったようだ。

ショックを受ける間もなく、広間に立つジークヴァルドは次々に対策を整えていく。

「南方風邪は伝染すると言われているから、症状が出ている人間をまずは隔離すべきだな……」

ジークヴァルドは即座に、赤い斑点が出ている領民と、風邪症状がある領民、それから他の健康な人達を分けるように指示を出した。その上で城の敷地内にある今は使っていない騎士団の寮を収容施設にした。現在斑点が出ているのは孤児院の子供達五人ほどと、町の人達は十人ほどだ。発端となった村を始め、他の町や村でも発熱している人間が増えてきているという。

「流行病の人間達を、城に招き入れるというのはどういう了見ですか」

家門の貴族達からは異議の申し立てもあったが……。

「城が一番食料も、薬も揃っているだろう？　もちろん医者もな。それに風も吹き込まず、暖かくて養生するのにも向いている。治療薬が手に入るまでは、どれだけ良い条件で過ごせるかで、予後が違ってくるんだ。わかっていると思うが、この領地で失くしていい命なんて一つもないからな」

当然といったように答えた領主の言葉に、呆れたようなため息をつきながらも家臣達も協力することを誓ってくれた。

「この後はできるだけ早く、治療薬となる薬草を手に入れたいところですが……」

ランドルフの言葉に、家臣達も頷く。通常ならばそろそろ気温が上がってきて、王都への道も開通する頃ではあるが、今年は例年に比べて雪も深く、気温も低いままだ。

「……天候については人には変えようもないからな……せめて騎士団の中で雪山に慣れた有志を募って、雪山越えをして王都に向かわせて、薬だけは調達させておこう。馬車が山越えができるようになれば、すぐに届けられるように……」

苦しげなジークヴァルドの言葉に、レイニーは一瞬きゅっと胸が締め付けられるような気がする。

（そう、人には天候を変えることはできない……）

それは真実だ。けれど幼い頃のレイニーにはそれができたのだ。

（もし……私が雪ではなくて、ウィルヘルムに春の雨を降らせることができたのなら……）

そんなことを考えてしまって、慌てて顔を左右に振る。できないことを妄想するより……。

「私に、南方風邪の人達の看病を手伝わせてください」

レイニーの言葉にジークヴァルドはぎょっとした顔をする。

「何を言っているんだ。貴女に万が一移ったら……」

声を上げる夫の腕に手のひらで触れて、彼と視線を合わせてからレイニーは答える。

「大丈夫です。私は十二年前にも、南方風邪になっています。一度罹ると二度目は症状が悪化しにくいし、罹りにくくなるとも言われていますから、一度も罹ったことのない人より安全だと思います」

そう言うと、レイニーは命じられた仕事に取り掛かろうとしている侍女達の元に向かう。

「レイニー！」

珍しく声を荒らげるジークヴァルドの方を振り向いて、レイニーは心から彼に訴える。

「本当なら、気候を変えてウィルヘルムに春を連れてきたいんです。……でも、私は力不足でそれができないから。……だから、せめてできることをさせてください」

ジークヴァルドに向かって訴えかけると、彼は何か言いたそうな顔をして、それから決意の固いレイニーの顔を見て、小さくため息をついた。

「わかった。少しでも体調に異常を感じたら、部屋で休むように。それは治療の手伝いをする者達全員に伝えてくれ」

レイニーは彼の言葉に頷いて、病に倒れている人達が休んでいる収容施設に向かう。少しでも動いていないと、罪悪感に打ちのめされてしまいそうだ、と考えながら。

＊＊＊

それからは毎日少しずつ、城内に用意された収容施設にやってくる患者は増えつつあった。しかも症状はますます悪化している。

「辛いよね。少しだけでもお水を飲んで……」

先日孤児院にいた頃は、発熱はしていても嬉しそうにお菓子を喜んで食べてくれていた。だがその子は今、高熱に魘(うな)されて絶えることなくうわごとを言っている。

「おかあ……さん、くるし……よ」

レイニーはそんな子供を抱きかかえ、汗びっしょりの額を濡れたタオルで拭い、匙で一口ずつ水を飲ませる。

「レイニー様、大切なお体なんですから、無理をなさらないでください」

心配そうに新しい水差しを持ってきてくれたヤスミンに言われるが、レイニーは首を横に振った。

「私よりヤスミンの方が移る可能性が高いのだから、無理はしないでね」

「大丈夫です。私生まれてこの方、一度も風邪を引いたことがないんです」

力こぶを作っておどけてみせてくれるヤスミンの優しさに、自然と柔らかい表情になる。そして子供が水を飲んでくれたことにホッとして、次の子供のところに近づいていく。

「レイニー、様？」

すると今朝までずっと魘されていた子が、ゆっくりと目を開いてレイニーの名を呼んだ。

「マリー、目が覚めたのね。熱も……少し引いてきているわ。ずっと辛かったでしょう。でも少しずつ良くなってきているわ」

レイニーはその女の子の目が力を取り戻していることに、お腹の底から歓喜の感情が湧いてくる。

南方風邪は治療薬がなくても、体力のある子供ならば、自力で治ることも少なくない。

（私も薬がなくても治ったから……）

けれど、とレイニーは向こうに並んだベッドの列に視線を送る。

（大人が罹ると、症状が酷くなって、亡くなる人も……）

既に城に来た高齢者には数名の死者が出ている。

（薬さえあれば……みんな治せるのに）

ぎゅっと膝の前で手を握りしめる。もしかしたら雨が降らせられるかも、とレイニーは何度もずっと神に祈っている。けれども子供の時のように、神が語りかけてきて雨を降らせる気配は微塵(みじん)もないのだ。

（もう……私は『慈雨の乙女』ではなくなってしまったんだ）

諦めの感情が胸を支配していた。けれど、それでもこうやって必死に治療の手伝いをしていれば、何もできない自分からはほんの少し目を逸らせることができた。

「あら、マリー、少し元気になってきたのね」

レイニーが連日の看病の疲れで一瞬ぼうっとしていると、レイニーと同様、患者の世話を手伝っていたヒルデガルドが近づいてくる。

（ヒルデガルド様も疲れていらっしゃるのね。……なんだか表情が優れない……）

いつも闊達（かったつ）な彼女らしからぬ様子に、ザワリと嫌な予感が胸の中を撫でた。病人が集まっている部屋では、錆（さ）びた金釘（かなくぎ）のような嫌な匂いが室内には立ちこめている。そして近づいて来たヒルデガルドから微かな病の気配が香る。

「あの、お母様？」

心配になってレイニーが声をかけると、ヒルデガルドは笑顔を返そうとする。だがその刹那、かくっと膝を折り、力を失うようにくたくたとその場に座り込んでしまった。

「お母様！」

咄嗟に駆け寄って、その体を支えようとする。だが、触れた瞬間に義母の体が熱いことに気づいた。

……それに。

「お母様、首のところに……」

北国出身の白い透き徹るような肌に、南方風邪の特徴である、うっすらと赤い斑点を見つけてしまった。

「誰か！　ジークヴァルド様を呼んでください。お母様が、熱を出されています」

彼は忙しい人なのに、咄嗟にどうして良いのかわからなくて、つい夫の名前を呼んでしまった。レイニーの様子を見てただ事ではないと気づいたヤスミンが、咄嗟に走って収容施設の外に出て、夫を呼びに行ってくれた。


「……母上、体調はいかがですか？」

ジークヴァルドはなんとか山道が通れないか、騎士団員達と共に領境まで様子を見に行っていたらしい。ヒルデガルドが倒れたと聞いて、大慌てで城に戻ってきていた。

城内のヒルデガルドが使用していた部屋に運ばれて、彼女は今、ベッドに横になっている。

「まったくもう。風邪なんてジークヴァルドを生んでから一度も罹ったことなかったのに」

悔しそうに文句を言う。ベッドに横になっていると、ヒルデガルドは比較的元気そうに見えた。それでも……。

「南方風邪なんて、生まれて初めて罹るわ。今まで南部に一度も行ったことないのに、風邪は北部までやってくるのね」

不満げに鼻を鳴らしている様子は、普段と変わらないように見える。だが体は発熱による悪寒で震え、呼吸が弾み苦しそうなのを見れば、周りを心配させまいと空元気を出しているのだろう。

「母上、いつものことですが無理しすぎです。ゆっくり休んでください。まあ他の人に移すわけにもいかないですから、ここの部屋で大人しく過ごしてもらうしかないのですが……」

つけつけと母に話すジークヴァルドもいつも通りの話し方だ。そんないつもの二人の様子にレイニーは少しだけホッとする。

(南方風邪になっても、悪化しなければ大丈夫。きっと……)

自分に言い聞かせながらも、父も十日ほどの闘病の後、亡くなってしまったことを思うと不安でたまらない。

(もう……あんな思いはしたくない……)

できるだけ笑顔でいようと思うのに、緊張から顔が強ばってしまう。そんなレイニーに気づいたのか、ジークヴァルドは彼女の手を取る。

「母上はゆっくり休んでください。レイニー、貴女も少し休んだ方がいい。一緒に食事をとろう」

そう言われて、レイニーはヒルデガルド付の侍女に看病を任せて、その場を立ち去る。ジークヴァルドと共に取った食事は、いつも通り大切に作られた美味しいものばかりだったけれど、レイニーはその味を感じることさえできなかったのだった。

＊＊＊

レイニーの看病と祈りも空しく、ヒルデガルドの症状は日に日に悪化するばかりだった。三日目ぐらいまでは『私も早く良くなって看病をしに行く』と言って気力も十分で、食事も水分もしっかりと取れていたのだけれど……。

「お母様が好きな林檎のジュースを絞ってきたんです。少しでも飲んでください」

発症から五日を過ぎ、目を開いている時間すらほとんどないほどに消耗し、意識すら朦朧としている様子だ。レイニーは微かに目を開けたヒルデガルドに声をかけた。冬の終わりには、新鮮な果物がない。それでも萎れた果物を集めて搾って、なんとかジュースにしたものをレイニーは横たわったままのヒルデガルドの口に小匙で少しずつ流し込もうとする。

「だい……じょ……ぶよ。子供達に……上げて……」

だがその貴重な果汁を一口も口にせず、それだけ言うと、ヒルデガルドは目を閉じてしまう。その姿が、母が亡くなる前の姿に重なって、レイニーは恐怖と不安で胸が掻き乱される。

(今、一番苦しいのはお母様、なんだから……)

何もできない自分が悔しくて悲しくて仕方ない。優しくしてくれた義理の母が、いつも元気で闊達な笑顔を見せていた人がこんなにも弱っているのを見て、心配で涙が溢れそうになる。

「レイニー、ずっと看病を頼んだままですまない……」

その時、ジークヴァルドが城の医師を連れて、ヒルデガルドの寝室を訪ねてきた。レイニーは医師にヒルデガルドの枕元を譲り渡すと、彼は喉を見たり、胸の音を聞いたりして診察を行う。

「どうですか?」

ジークヴァルドの問いに、医者は難しい顔をして首を左右に振る。

「あまり良くはありません。激しく体力を消耗して、肺炎に悪化するのも時間の問題でしょう」

その言葉にレイニーはパッとジークヴァルドの顔を見上げる。南方風邪は悪化すると肺を病み、そのまま呼吸状態が悪化して亡くなる人が多いのだ。自分の無力さに心臓が締め付けられて、空気が薄くなったような気がした。

(もしかして、このままお母様が亡くなってしまったら……)

ジークヴァルドの生母であるヒルデガルドは、愛情を持ってレイニーを抱きしめてくれた。優しい言葉をかけてくれた、二人目の母とも思っている大切な人だ。

(お母様……。お願い、神様……)

何度も願ったように心で祈りを捧げる。だがかつてのように神は彼女の望みに答えてはくれず、雨の匂いもしてこない。

(あぁ……私が役立たずじゃなかったら……)

切なくて苦しくて、悔しくて悔しくて感情が荒れ狂うようだ。涙が込み上げてきて、止めることができない。

「レイニー、大丈夫か。少し……外に出よう」

泣き出しそうなレイニーの様子に気づいたジークヴァルドは彼女の手を捕らえ、ヒルデガルドが意識を失うように眠っている部屋から彼女を連れ出した。


「大丈夫か？」

そっと抱きしめてくれる。彼が連れ出したのは、誰もいないティールームから繋がっているバルコニーだ。今、雪は止んでいるが外は極寒で、感情的になっていたレイニーの頭を少し冷やしてくれた。

「大丈夫、です。でも……私が春の雨を降らせられたら薬が手に入れられて、お母様も、他の人も苦しまないですむのにって思うと、申し訳なくて……辛くて」

夫に抱きしめられてその肌の温かさを感じていると、緊張しきっていた心がほんの少しだけ緩む。

堪えていた涙が溢れた瞬間、彼は更に強くレイニーをその腕の中に抱きしめた。

「貴女のせいじゃない……」

何度も優しく髪を撫でられて、レイニーは声を震わせる。

「でも、雨を降らせられない『アメフラシ』なんです。私は……。私が雨を降らせられたら、お母様だってきっと助けられるのに……」

悔しくて悲しくて、ぎゅっと拳を握りしめる。

「……貴女は、雨を降らせたいのか、レイニー」

そう尋ねられて、ジークヴァルドの顔を見上げると、彼は柔らかく微笑んでいた。

（ヴァルの方が、ずっと辛いはず。大切な人達が亡くなったり、病気で苦しんでいたりするのだもの……）

自分が助けたいのは、領民だけではなくて、その責任を一心で背負っているジークヴァルドもだ。

レイニーは大きく息を吸って、ジークヴァルドの目をまっすぐ見つめる。

「私、雨を降らせたいです。ヴァルとお母様のために。それにヴァルが大切にしている領民の皆を助けるために……」

そう心からの言葉を夫に告げた瞬間、胸にボウッと熱い炎が燃え上がったような気がした。

「でも……私には……」

けれど次の瞬間、心の炎は自信のなさという風に煽られて、ゆらゆらと頼りなげに揺れる。

だが視線を逸らしそうになった彼女の頬を撫で、ジークヴァルドが囁く。

「大丈夫だ。貴女が望むなら、それは必ず叶う」

「俺は……レイニーを信じる。貴女を……心から愛しているから」

その瞬間、ぶわっとあたりに雨の匂いが立ちこめたような気がした。先ほど灯った心の中の炎は、彼の『信じる』という言葉を糧に、強い風に煽られてもけして消せないほど光を増す。

心が温かい。じっとジークヴァルドの目を見つめていると、彼が心からの言葉をかけてくれたことで自分は夫から愛されているのだと、レイニーは信じることができた。

「……ヴァルは、いつでも私のことを信じてくれるんですね」

その言葉に彼は頷く。

「ああ、世界中の誰もができないと言っても、俺だけはレイニーを信じる。貴女は望んでいることができる……。雨を降らすことも、救いたい誰かを助けることも……絶対に、できる！」

瞬間、レイニーの胸にウィルヘルムに来てから向けられた、たくさんの笑顔が思い浮かんだ。

初めて会った時のヤスミンの力づけるような明るい笑顔、ヒルデガルドの優しい抱擁と微笑み。町の子供達の元気いっぱいな笑い声、町の人達が祝福する笑顔。

厨房で声を上げて豪快に笑う、逞しい領地の女性達。ジークヴァルドの幸せと新婚の二人を祝福する家門貴族達の微笑みと声かけ。

幼い頃の、家族に愛され、領地の人達に愛され、いつだって心がぽかぽかと温かくて、たくさんの愛情に満たされていた感覚がレイニーの胸を満たしていく。

「俺は、世界で一番、レイニーを愛している」

そして何より……レイニーの額にキスし、視線が合った瞬間、はにかんだように目を細める夫ジークヴァルドの笑顔。

（ああ、『慈雨』って……慈しむ心から生まれるものだったんだ……）

レイニーの胸の中は、今、ウィルヘルムの人達の温かい慈しみの心で満たされている。何より大きな愛を与えてくれた、ジークヴァルドによって溢れかえるほど温かい感情に満たされている。

（とても……温かい。胸の中が熱くて燃えそうなくらい。そうか……こんな素晴らしいみんなの慈愛を、私はただ、神様に差し出せばいいんだ……）

自然とレイニーの両手は空に伸びる。

「天に在す神よ……」

手のひらを空に向けると、昔は常に感じていた雨をもたらす風を、指先が感じてゆらりと揺らめく。

ジークヴァルドが半歩だけ下がって彼女を見て、ゆっくりと目を瞬かせた。

「天に在す神よ。……病に苦しむウィルヘルムの人のために……命をもたらす暖かい春の雨を降らせてください」

目を閉じてそう静かに祈るように声を上げると、あたりから雨の匂いがどんどん増していく。

「……春の嵐が、来ます。皆さん屋根のあるところに……」

声を上げた瞬間、空がかき曇っていく。雨雲が一気に空に広がり、どこからか遠雷が聞こえた。次の瞬間、曇天から大粒の雨が降ってくる。ぽつりと頬を打った雨に、ジークヴァルドが自らの頬に触れて、それからパッと表情を明るくした。

「レイニー、雨が、降ってきたぞ。南から暖かい風が吹いている。春の嵐だ」

彼の声が喜びに弾んでいる。心臓がドキドキと鼓動を速めていく。彼がレイニーを抱き上げた途端、空が一斉に泣き始めた。

「レイニー、貴女はすごい！」

ジークヴァルドは大きな声を上げて、レイニーを抱き上げたままくるくるとその場を回った。突然降り出した雨音に驚いた人達が外に飛び出してくる。

「暖かい。雨が……降っている」

「春の嵐だ！」

「これで……王都までの道が開通するぞ！」

雪の匂いを掻き消し、代わりに一斉に立ちこめた雨の匂いに、手を挙げて大声を上げて喜ぶ人々の声が重なる。微かに気の早い春の花の香りが漂ってくる。

レイニーは自分が為し遂げたことに歓喜の声を上げながら、ジークヴァルドの首に抱き付いた。

「ヴァル‼　私、雨を降らせることができました。ヴァルが私を信じてくれたからです。神に……感謝を！」

落ちてくる雨は暖かく、積もっていた雪に吸い込まれていく。不思議なことにその雨は雪に落ちるたびに柔らかな花びらのような温かい色を残し、雪を溶かしていく。

「レイニー、このまま雨に濡れたらそれこそ風邪を引く。皆も濡れたままだと体調を崩すぞ。着替えて暖かい格好をするように！」

笑顔のジークヴァルドは、土砂降りになった雨に慌ててレイニーを連れて部屋に戻り、すぐに風呂に連れて行くようにヤスミンに声をかけた。

レイニーは窓を打つ暖かい雨がたくさん降って、山道の雪を溶かしてくれるようにとずっとずっと、

渾身の祈りを続けていたのだった。

＊＊＊

その日は一気に力を使って疲れていたのだろう。レイニーは風呂場で意識を落とすように眠ってしまっていた。

（……鳥の、泣き声？）

ピチュピチュというような声が窓辺から聞こえてきて、ぼうっとしながら目を覚ます。するとベッドの傍らにはジークヴァルドが椅子に座っていて、彼女の目が開いた瞬間、ガタンと音を立てて椅子から立ち上がった。

「レイニー、目が覚めたのか！」

その言葉にレイニーはゆっくりと瞬きをする。

「ヴァル？」

何があったというのだろう。彼は顔を真っ赤にして、レイニーの手を取りホッとしたように彼女の手に頬をすり寄せた。

「あれから三日も眠りっぱなしだったんだ……」

その言葉に、レイニーは十年ぶりに雨を降らせたことを思い出し、体を起こそうとする。即座にジークヴァルドが背中に手を当てて彼女が起き上がるのを手伝ってくれた。

「外を、外を見せてください」

その言葉に毛布で彼女をぐるぐる巻きにすると、ジークヴァルドはレイニーを抱き上げ、窓際に行くと片手を使って器用にカーテンを開けてくれた。

「――え？」

レイニーは目の前の光景にぎょっとした。雪が溶けて、うっすらと緑が芽吹き始めている。鳥達が囀り、すっかり外は春の装いだ。

「これ……」

レイニーがジークヴァルドを見上げると、彼は明るい春の日差しに目を細めた。

「レイニーが祈った後、丸二日、暖かい雨が降り続けた。嵐のような南風が吹いて一気に気温が上がり山道の雪も全部溶けてしまったんだ。お陰で昨日の夜には薬も届いて、南方風邪が悪化する人はいなくなったし、徐々に治っていくだろうと医者が言っていた」

明るい窓の日差しを浴びながら、ジークヴァルドは抱き上げたレイニーに向かって話を続ける。

「全部……レイニーのお陰だ。貴女の祈りで、多くの人が救われた。……母も薬が飲めたから、じきに意識を取り戻し、徐々に回復するだろうと医者も言っていた」

こつんとお礼を伝えるように額を触れ合わせた彼は、レイニーをゆっくりとベッドにおろして、その前で跪いた。

「レイニー。俺の大切な人達を、救ってくれて……ありがとう」

深々と頭を下げた彼を見て、レイニーは慌ててベッドからおりて彼の前に膝をついた。

「そんな……私、ヴァルのお陰で力を取り戻すことができたんです。でも……薬が届いて本当に良かった」

レイニーの言葉にジークヴァルドはぎゅっと彼女を抱きしめた。

「ああ。俺は、レイニーが無事目を覚ましてくれたことが何よりも嬉しい」

珍しく目元を赤くして、涙で目を潤ませているジークヴァルドを見て、レイニーは大切な人の助けになれた自分が本当に誇らしいと、素直にそう思えた。その志を胸に、これから一生彼と共に生きていこう。

「ジークヴァルド様、私……」

レイニーがその思いを夫に伝えようと思った時、ノックの音が聞こえた。

「ジークヴァルド様、ヒルデガルド様の意識が戻りました‼」

ヤスミンの言葉にジークヴァルドは笑顔でレイニーの頭を撫でてから振り向く。

「ちょうど良かった、今レイニーも目覚めたところだ」

レイニーが目を覚ましたと知って、ヤスミンは涙を流して喜んでくれた。

「レイニー様、本当に良かった。あんなすごい力を使われたから、それで……っ」

彼女の言葉にレイニーは頷く。ベッドに腰かけたレイニーの横で、床に膝をついて彼女は何度もお礼を言った。

「実は……私の母も南方風邪になっていたんです。でもレイニー様が雪を溶かしてくれたおかげで薬も手に入り、快方に向かったと実家から連絡があって……そのお礼も言いたかったんです。レイニー様が目覚めたらって、そう思っていて……」

顔をぐしゃぐしゃにして、目を真っ赤にして感謝の言葉を伝えるヤスミンの手を取って、レイニーは自然と微笑んでいた。

（今度こそ、私は大切な人を助けるために、雨を降らせることができたんだ）

意識を失う前のことを思い出すと、再び心が満たされている自分に気づく。あれだけの力を発揮したとしても、レイニーの心の力は決して枯れることはない。今もまたヤスミンやジークヴァルドのおかげで胸が温かくて、自分がこの世に存在していることを、神に感謝したくなるような気持ちになった。

（きっと、皆の愛で心が満たされているから……）

これからも雨を降らせることができそうな気がした。

第八章　王都で待ち受ける困難

急に春になったため城は一気に慌ただしくなった。

それでも仕事を終えた夕刻には夫婦でゆっくりと食卓を囲んでいると予想外な人物から急報が届いたと知らされた。

「……カスラーダ侯爵から？」

先ほどまで幸せな気持ちで一杯だったのに、予想していなかった相手からの手紙にどうしても身構えてしまう。レイニーが緊張しつつその手紙を開くと、中に書かれていたことに思わず驚きの声を上げてしまった。

「どうかしたのか？」

心配そうに声をかけてくれたジークヴァルドに呆然と答える。

「叔父様が……重い病に罹られた、そうです……」

レイニーはその手紙をジークヴァルドにも読んでもらうために渡した。

父が亡くなった後、アルクスの領地を継いだ叔父は、正直レイニーにとっては頼りになる人ではなかった。

（多分いい人なんだろうけれど、カスラーダ侯爵にいいように利用される一方だったから……）

『慈雨の乙女』であるレイニーを侯爵に差し出す代わりに幾ばくかの支援を得て、なんとかアルクスの領地運営をしていたはずだ。そしてレイニーがアルクスを出て以降、ほとんど連絡すらよこさなかった。それでも叔父はレイニーにとっては数少ない係累だから、重い病に臥していると聞けば、やはり心配で会いに行かなければと思う。レイニーの隣で手紙を読むと、ジークヴァルドはレイニーを心配するようにそっと頬に触れる。

「アルクス子爵は突然体調を崩されて、王都のカスラーダ侯爵邸で養生をされているのか。お気の毒に。レイニーも心配だろう？」

夫からの労りの言葉に、レイニーは顔を青くしたまま頷く。

「レイニーはすぐに王都に向かうか？　だったら俺も一緒に行こう」

即座にそう言ってくれるジークヴァルドの気持ちはとても嬉しい。けれど病が流行した上に急に春が来たというこの不安定な時期に、領主である彼が突然領地を離れるわけには行かないだろう。

「ヴァルはウィルヘルムに残ってください。南方風邪の流行で領民も不安な時でしょうし、春になるとまた国境に盗賊が出てくるんですよね」

予定外に春が前倒しで来たため、領主はいろいろとやらなければいけないことがあるはずだ。レイニーの言葉にジークヴァルドは苦い顔をして頷く。

「ああ。……わかった。では騎士団員も付けるので気をつけて行ってきてくれ」

ジークヴァルドの言葉にレイニーは頷く。そしてレイニーは急遽ウィルヘルムを立つことになったのだった。

＊＊＊

「レイニー様、お気を付けて」

「ヤスミン、レイニー様を頼んだわよ」

レイニーが叔父の見舞いのため、急遽王都に戻ることにしたのは数日後のことだ。目が覚めて一カ月も経たないうちに、王都まで旅立つことにジークヴァルドは不安そうな顔をしたが、叔父の病状がいつ変化するかわからないほど重いのであれば、躊躇している時間はなかった。

「レイニー、貴女のおかげで、みんな元気になりつつあるのよ。私もおかげで大分元気になれたわ」

ウィルヘルム城の玄関には、多くの人が集まっていた。つい数日前まで衰弱しきっていたヒルデガルドは、彼女らしからぬか細い声でレイニーにお礼を言った。当然本来ならベッドで休むべき人は自力で立つことができず、侍女に支えられての見送りだ。それでもわざわざレイニーの旅立ちのために見送りに来てくれた気持ちが申し訳なくもありがたい。

「レイニー様、雨、すごかったです！」

「『慈雨の乙女』万歳！」

いつの間にやら、領内の人達にもレイニーが雨を降らせる能力があることが知れ渡ってしまったみたいだ。あまり目立つことが好きではないレイニーは、雨が降らせられて良かったけれど、ウィルヘルムの人達からこんな風に言われるのに慣れなくて、困ったような笑みを浮かべる。

開放された門からは町の人達や、遠い村の人達までやってきて、口々にレイニーに感謝の気持ちを伝えてくれる。

「レイニー様、ありがとう。あのね、お母さん、お薬を飲んで……元気になってきたの」

レイニーが親を亡くした時よりもっと幼い年頃の少女が近づいて来て、お礼を言いながら組み紐を渡してくれた。

「レイニー様が無事帰ってこれるようにって……お母さんと一緒にがんばって作ったの」

懸命に編んでくれたのだろう。明るい赤と緑の紐が、まるでこれから本格的に春を迎えるウィルヘルムを象徴しているようだ。

「ありがとう。お母さんももっともっと、元気になることを祈っているわ」

レイニーの言葉をきっかけに、人々は集まって様々なものを渡してくれた。刺繍を入れたハンカチや、貴重な木の実、道中食べるようにとお菓子まで持ってきてくれた人までいる。ウィルヘルムの冬は厳しく、こうした贈り物を用意するのも、きっと大変だったことだろうに。レイニーはその一つ一つに込められた気持ちに感動して、じわっと涙が浮かんでくる。

「早く、帰ってきてくださいね」

「そうでないと、ジークヴァルド様が寂しくなっちゃいますよ」

たくさんの笑顔で見送られて、レイニーは両手一杯の餞別の贈り物を抱えて、胸いっぱいの気持ちで馬車にのった。

「レイニー。何かあればすぐに騎士団に相談するんだ。すぐに俺が迎えに行く」

彼の言葉にレイニーは頷くと、ジークヴァルドは彼女との別れを惜しむように、馬車に乗り込み座席に腰かけると唇を寄せた。

キャッと小さな声を上げてヤスミンが後ろを向いてくれるから、レイニーは夫からのキスに応じる。熱くて触れているだけで心臓がドキドキする。愛おしい気持ちが唇から溢れそうだ。

(あぁ。私の居場所は、ここにいる彼の腕の中になっていたんだ……)

不思議な縁でウィルヘルムに嫁ぎ、それから数ヶ月でレイニーはずっと前に失ったと思ったものをたくさんこの領地で取り戻した。

何よりもジークヴァルドはレイニーにたくさんの愛を与えてくれた。

「レイニー、本当に……早く帰ってきてくれないか。そうでないと、俺が……もたない」

ほんの少し甘えたような言い方をするジークヴァルドは、節度を守るために深まらないキスを何度もレイニーにした。それから小さくため息をついてレイニーを最後、抱擁から解放する。

「待っている。気をつけて行ってきてくれ」

それだけ言うと彼はしぶしぶといった顔で馬車から降りた。

「それでは出発します」

馬車が動き始めると、道に集まった人達がレイニーに向かって手を振る。レイニーは王都からウィルヘルムに旅立った時の、見送りすらいない寂しい光景を思い出し、ウィルヘルムの人達の温かさに、胸を熱くしていたのだった。

＊＊＊

急ぎの馬車であまり休みを取らずに王都に急いだレイニー達は、前回より早く王都に到着すると、叔父の療養先と手紙に書かれていたカスラーダ侯爵邸に向かう。

「こちらがカスラーダ侯爵のタウンハウスですか……」

付き添ってくれたヤスミンは、豪華なカスラーダ侯爵邸を見て驚きの声を上げる。

「そうそう、『金持ちカスラーダ』だからね。立派でしょう？　侯爵は見栄(みえ)っ張(ば)りなの」

耳元でこっそり言うと、ヤスミンは養父のことをそんな風に言っていいのかと心配するように、口元に指を立てて「シーッ」と言った。そんな純粋な様子が可愛い。

「レイニー様、お久しぶりでございます」

そんなレイニーを屋敷の玄関で出迎えてくれたのは侍女長のニーナだ。ジロリと気安い距離にいるヤスミンを睨み付けると、ヤスミンは声を上げそうな勢いで、レイニーから距離を取った。

「お久しぶりです。ニーナ。……早速だけど、叔父がこちらにいると伺ったのだけれど……」

ニーナは頷く。後ろに控えていた侍女達がヤスミンに声をかけ、荷物などの始末をするようだ。

「アルクス子爵様は現在こちらの屋敷で療養されていますので、ご案内させていただきます。侍女の方は、レイニー様のお部屋の準備をお願いいたします」

相変わらずにこりともしないニーナに言われ、レイニーは彼女の後をついていく。

「ところで、叔父は何故こちらでお世話になっているのですか？」

「王都にいらした際、こちらに挨拶にいらっしゃって、そのまま倒れてしまわれたので、こちらで療養をされていらっしゃいます。アルクス家はタウンハウスをお持ちではないですし、カスラーダ侯爵様からすれば遠縁の親戚でもございますし」

手紙には詳しいことは書かれていなかったが、そういう経緯だったのだ、とレイニーはようやく理解した。ニーナが階段を上がっていくのでそのまま三階まで登ると、一番奥の部屋に案内された。

（ゲストルームって……確か一階の廊下の突き当たりにあった気がするのだけど……）

不思議に思いながらも一番奥の部屋に入ると、何やら香りが立ちこめており、カーテンは閉めきられ、薄暗い部屋の中をレイニーはベッドのある方に向かって進んでいく。

「……叔父様」

すると部屋の奥にベッドに横たわった叔父オズワルドがいた。だが近づいていくと、徐々にその異常な様相に声を失った。

「こんなに……」

明らかに顔色が悪く、痩せてしまっている。声をかけたが反応が芳しくなく、レイニーの声が聞こえているかどうかすら怪しい。目は宙を見つめており、目覚めているようなのにレイニーに一切反応をしなかった。

「叔父様、レイニーが来ました。お久しぶりです」

会うのも久しぶりだが、最後に会った時は畑仕事で体は鍛えられており、とても元気な様子だった。その時と打って変わって顔に生気がないことがとても気に掛かる。

（よほど重い病なのかしら。心配だな）

もう一度覗き込んで声をかけると、今度は一瞬反応したかのように顔を微かに動かしたが、次の瞬間には目を閉じて、気づくと寝息を立てていた。

「叔父はなんの……病気なんでしょうか？」

レイニーの問いにニーナは首を左右に振った。

「お医者様の診断でもよくわからないようです。先ほどはレイニー様の呼びかけに珍しく反応されたので、いらして良かったかもしれませんね」

感情のこもらない声で淡々と言われたが、それでも叔父にとって見舞いに来たことが少しでも力になったのなら良かった。しばらく叔父の様子を見ていても、彼はそのまま眠ってしまって目を開けることもない。

「一度部屋に戻られますか？」

叔父のことは気がかりだが、レイニーも急いで王都まで来て疲れが溜まっている。

（少し休んで、身なりを整えてからカスラーダ侯爵にもお礼を言いにいかなければ……）

レイニーはそう判断すると、ニーナの言葉に頷いて叔父の休む部屋を後にすることにした。

＊＊＊

レイニーに用意されていたのは、輿入れ前に一時レイニーが使っていた部屋だった。旅行用の荷物はヤスミンの指示で綺麗に片付けられており、ヤスミン以外にも二人の侍女がつけられていた。そして着替えをした後、レイニーは晩餐を侯爵と共にすることになった。

「久しいな、レイニー。顔色が良さそうで良かった」

この屋敷の離れにいた頃から、ほとんどカスラーダ侯爵と会話したことはない。ウィルヘルムに嫁ぐことが決まってからもレイニーに対する態度は酷く冷たいもので、それは輿入れするまで変わらなかった。だから何故自分が一緒に晩餐を取っているのかと不思議な気持ちがするほどだ。

（きっと辺境伯夫人、となったからなのかも）

なんの立場もなかったのが、名前が付いたから変わったのだろう。レイニーはそう判断する。

「侯爵様もお元気そうで何よりです。今回は、叔父の面倒まで見ていただきまして、本当に申し訳ございません」

丁寧にだが比較的あっさりとした挨拶をすると、侯爵は珍しく上機嫌な笑顔でレイニーのために高級な果実酒を開けて、飲むように勧めてくる。あまり酒に強くないレイニーは慎重に飲んだ。

（ここまで扱いがいいのは、さらに別の目的があるのかもしれない。多分、雨を降らせたこととか）

そして彼女の読みは違わず、侯爵は食事が始まるやいなや、笑顔でその話を始めた。

「そういえば、先日、ウィルヘルムで雨を降らせたらしいな。例年にない速さで、極寒のウィルヘルムに春が来たと王都でも評判だ」

レイニーは余計なことを話さないように言葉少なに頷く。

「そうですね、神様のご加護があったおかげです」

「教会の大司教様も、蘇ったレイニーの力に大変興味があるそうだ。近いうちに大司教様の前で、雨を降らせてもらおう」

まるで確定事項のように言われて、ずいぶんと長い間、雨が降らせられないからと冷たく当たられていたことを思い出し、レイニーは嫌な気持ちになる。表向きだけは従順そうな顔をしつつ、首を横に振った。

「いいえ、私の力は神様が望まれた時に表すもののようですから、私の都合で雨が降らせられるわけではないのだと思います。先日のことは、ウィルヘルムの領民の皆さんが心から祈りをささげていたので、その真摯な声が神様に届いたのでしょう」

侯爵は自分の利益のために雨を降らせる力を利用したいのだろう。だが私欲のために雨を降らせることなどできないと、レイニーは釘を打つ。

「なるほど……。だが今回のことは国王陛下の心を揺らしたようで、陛下もレイニーに会いたいと言っているのだ。本当に名誉なことだ」

その言葉に、ほんの少しレイニーの心が動いた。

「そういえば、陛下に私達の結婚誓約書の許諾をいただかなければなりませんね」

既に王宮に書類が送られているはずなのだが、まだ返事が届いていない。ウィルヘルムで結婚式をして、夫婦として生活を始めているレイニー達だが、貴族録に正式に記載されなければ、フェアウエザー王国で認められた正式な夫婦にはならないのだ。つまり今の段階では、レイニーはかりそめの辺境伯夫人、ということになる。

(当然、陛下に直接書類がどうなっているか聞くわけにはいかないけれど、周りの人達に様子を聞けるかもしれない)

だがその話をすると、カスラーダ侯爵は一瞬視線を泳がせた。

「ああ、その書類は侯爵家にある。先にこちらから提出していたお前の書類の一部に不足があって、それを取り寄せるためにアルクス子爵を呼び出したところ、あの状態になってしまったのだ……」

どうやら叔父が呼び出されたのは、書類のためだったらしい。だが、その途中で倒れてあの状況になったのなら、書類は未だに整っていないということなのだろう。

「でしたら、アルクスに使者を出して私が取り寄せます」

アルクスには叔父の妻や嫡男もいるので、レイニー自身が手紙を送ったらいい。そう言うと侯爵ははぐらかすようにあいまいに頷いた。

「まずは……アルクス子爵に体調を取り戻してもらわなければな。医者に診せているのだが、一向に良くならない……しばらく傍で看病してやってくれ」

確かに侯爵邸で治療を受けさせてもらっているのは侯爵の好意によるものだ。

「そうですね。叔父様のこと、いろいろお気遣いいただきまして、本当にありがとうございます」

レイニーはそのことについて重ねて礼を言ったのだった。

＊＊＊

それからレイニーは毎日のように叔父の元に通った。少しでも反応してもらえるように、手足をマッサージしたり、薬を飲ませる手伝いをしたりもした。最初気になっていた香の匂いを消すように、毎日カーテンを開けて空気を換気した。その甲斐あって叔父は薄皮を一枚ずつ剥いでいくように、徐々に体調が良くなっていった。

「叔父様、今日は大分お加減がいいようですね」

まだ立ち上がることはできないが、ベッドの上に座り食事をとり、会話もできるようになった叔父を見て、レイニーは安堵の笑みを浮かべた。

「そういえば、カスラーダ侯爵様から伺ったのですが、私の結婚誓約書に不備があって、アルクスから書類を取り寄せなければならないと聞いたのですが……」

ずいぶんとしっかりしてきた様子の叔父にそう尋ねると、彼は首を傾げた。

「アルクスから取り寄せるような書類はないはずだぞ。レイニーはカスラーダ侯爵のところに養女として入籍しているから、アルクスには帰属も書類も残っていない」

レイニーはその言葉に目を見開く。

「……では結婚誓約書は何故まだ承認を受けていないのでしょうか」

叔父に尋ねると、彼は首を傾げている。

「……そもそも、叔父様は何故、カスラーダ侯爵邸で倒れてしまわれたんですか？」

カスラーダ侯爵の話では、書類を取り寄せるために呼び出した、と言っていたが……そもそもその書類が必要ないのであれば、どうして叔父はこの屋敷に来たのだろうか。

「いや、レイニーからウィルヘルムの酒が届いたと聞いて、それを取りに来た時に珍しく食事に誘われてな。酒を飲んで、そのまま泊まるようにと勧められて、ありがたく泊まらせてもらったらその日の夜に倒れた……らしい」

そのあたりは記憶があいまいなのか、叔父は首を傾げつつ答える。レイニーは叔父の言葉を聞けば聞くほど嫌な予感が高まっていく。

（私は侯爵にお酒なんて贈ってない。もしかすると、私の名前でウィルヘルムから実家にお酒を贈る可能性はあるかもしれないけれど、その場合でも一言ぐらい言ってくれそうな気がするんだけど）

叔父の言葉に違和感を覚えつつ、叔父の部屋を出て自室に戻ると、ヤスミンがいつも通りお茶を淹れてくれた。レイニーに侯爵邸で付けられた侍女、ハンナとメアリがいないので、こっそりと先ほどの会話についてヤスミンに伝えると、彼女は少し難しそうな顔をする。

「そうですね。ジークヴァルド様が贈られたのなら、レイニー様に何も言わないということは、ない気がしますが……」

うーんと悩んだ後、ヤスミンはにこっと笑った。

「いえ、考え過ぎですよね。こちらに来てから侯爵様にはとてもよくしてもらっていますし、ハンナもメアリもいい人ですしね」

屈託のない様子のヤスミンを見て、確かにいろいろと考え過ぎかもしれないとレイニーは思った。

「まあ、それはともかく、叔父様の体調が大分良くなったので、結婚誓約書の件をもう一度確認して、私はウィルヘルムに戻ろうかと思っているの」

こちらに来てからまだ一ヶ月程度だが、もうウィルヘルムが懐かしい。

（それにジークヴァルド様に、早く会いたくてたまらない）

手紙を何度か送っているのだが、そもそも王都とは距離が離れていて普通に馬車で移動すれば数日はかかってしまう。もちろん馬ならもう少し早いだろうが、そんなにすぐに手紙が届く距離でもない。

(忙しいでしょうし、もうじき私も帰るだろうから)

あまりそのことを気にしていなかった。ただただ冷たくて陰謀の匂いばかりする王都から、きっと春の花の香りに溢れているウィルヘルムにレイニーは帰りたくて仕方なかった。レイニーの言葉に、ヤスミンは頷く。

「そうですね、アルクス子爵様の体調が大分良くなられているのなら、ウィルヘルムに戻りましょう。きっとジークヴァルド様が首を長くして待っていますよ」

いつも通り明るく答えてくれるヤスミンの言葉に、レイニーはなんだかホッとして笑顔で頷く。

「だったら、執務室にお伺いしても構わないか、侯爵様に伝言を入れてもらっても良いかしら？　ウィルヘルムに戻る日程について相談するわ」

レイニーの言葉に、ヤスミンは笑顔で頷いた。

＊＊＊

「何？　アルクス子爵の体調が良くなってきたから、ウィルヘルムに戻りたいだと？」

執務室に行く許可をもらったレイニーは挨拶と叔父の治療に対して礼を言った後、侯爵にそろそろウィルヘルムに戻りたいという話をした。

「はい、後、叔父に聞きましたら、結婚誓約書に必要な書類はすべてこちらにそろっているという話を伺ったので、できるだけ早く王宮に提出していただきたいのですが、そちらもよろしくお願いいたします」

レイニーがそう話を続けると、侯爵は口元に手を当てて何か考えるような顔をした。

「ウィルヘルムの冬は長くて厳しかっただろう。一度過ごすともう二度とウィルヘルムで冬を過ごしたくないという者も多いようだが……」

何故か侯爵は笑顔でそう言うと、レイニーの顔をじっと見つめた。

「せっかく王都に来たのだ。このところ看病ばかりでこちらの屋敷に閉じこもりっぱなしだったではないか。一度王都で買い物や食事を楽しんだらどうだ」

にこやかに話しかける様子は、表面上はとても思いやりのある養父の顔だ。だがレイニーはその表情の裏側に嘘と欺瞞の匂いを感じていた。

「ありがとうございます。ですが、昔からもともと買い物や食事を楽しむような生活をしてこなかったので、さほど興味がないのです。それよりは早く夫の元に帰り、辺境伯夫人として学ぶべきものを学び、果たすべき義務を果たしたいです」

だからウィルヘルムに帰りたいのだ、と続けようとした途端、侯爵はうんうん、と訳知り顔で頷く。

「そうか、ウィルヘルムからきたあの侍女と騎士達が早く帰れと、お前のことを脅していたのか」

「――は？」

何を言い出したのかと、レイニーがソファーから立ち上がる。

「何をおっしゃっているんですか？　私がウィルヘルムに戻りたいのです！」

「何を言っているんだ？　あんな辺境の地に戻りたい人間がいるわけなかろう。誰か！」

呼び鈴を鳴らすと、まるで廊下で待ち受けていたかのように侯爵邸の騎士が飛び込んでくる。

「ヤスミンだったか……あの侍女を直ちに拘束し、地下牢に押し込めておけ」

「え、なんで？　どうして？　やめてください！」

レイニーが咄嗟に止めようとするが、彼女に構うことなく騎士達は出ていく。

「カスラーダ侯爵、どういうことですか？」

レイニーが声を荒げて問うと、彼は唇を歪めて笑う。

「……もうお前は辺境に戻る必要はないと言っているんだ。あの結婚誓約書はこちらで破棄しておこう。これからは『慈雨の乙女』として、今まで育ててやった食い扶持を稼いでもらうことにする。そもそもアルクス子爵もお前を王都に連れ戻すために、利用させてもらったんだ」

その言葉に、叔父が突然体調を崩したのは、呼び出されて飲食したものに毒が仕込まれていたからではないかと気づいてしまった。そう、例えばウィルヘルムから届いたという酒にとか……。

突然の侯爵の言葉にレイニーはカッと頭に血が上り、咄嗟に反論しようと息を吸う。

「まさか、そのために……っ」

「あぁ、お前はあの侍女をずいぶん可愛がっていたようだなぁ……。まあ、お前の態度次第では、あの侍女は華やかな王都で、不幸な事故に遭うかも知れないが……」

そう言うとすべての目論見をあらわにした侯爵は、ニィと醜悪な表情で笑う。

「可愛がっている侍女をそんな目に合わせたくはないだろう？　察しが良くて賢いお前のことだ、お養父様の言うことを素直に聞いてくれると信じているぞ」

あからさまにヤスミンを人質に取って言うことを聞くようにと言われ、レイニーは言葉を失った。

（最初からそれが目的だったの？）

ウィルヘルムは遠く、レイニーの味方になってくれる人はいない。

（ヤスミン……）

明朗な彼女の笑顔を思い出しながら、レイニーは何も言い返すことができなくなってしまったのだった。

＊＊＊

それからレイニーはヤスミンの身柄をいわば人質にされた状態で、侯爵の指示通り行動せざるを得なくなった。最初に命じられたのは、レイニーの警護のために付けられたウィルヘルムの騎士達に、一旦辺境伯のタウンハウスで待機するように手紙を書くことだった。

そしてその手紙でウィルヘルムの騎士達が辺境伯のタウンハウスに移動してから、ようやくレイニーは地下の部屋に軟禁されているヤスミンに会わせてもらうことができた。

「レイニー様、すみません……」

久しぶりにあったヤスミンは顔色こそ悪く焦燥感は拭えなかったものの、体調は悪くなさそうに見えた。部屋も最低限の施設は整っているように見えてホッとする。

「何言っているの。悪いのは貴女をこんな目に遭わせている侯爵の方よ。……ごめんなさい。できるだけ早く、ヤスミンが外に出られるようにするから……」

そう耳元で小さな声で告げると、彼女は顔を横に振った。

「私のことは気にしないでください。せめてウィルヘルムに連絡……」

そこまで彼女が言った途端、ハンナがそっとヤスミンの口を塞いだ。

「それ以上は何も言わないでください。侯爵様に報告しなければならなくなります」

冷たい表情だが、言っている内容にレイニー達はハッとする。ヤスミンがいなくなってから、この二人の侍女が常にレイニーを見張っているのだ。下手なことを言えばヤスミンが傷つけられるかもしれない。侯爵なら言った通り、理由をでっち上げて、ヤスミンをどうにかしてしまうこともできるかもしれないのだ。

「……大丈夫。ヤスミンが無事なように、私は侯爵様の希望に従うし、そうしている限り何不自由なく生活させてもらえるから、安心して……」

ぎゅっと手を握ってヤスミンに負担をかけないように笑顔を浮かべた。その顔を見て、ヤスミンもなんとか微笑みを返す。

「レイニー様に、神のご加護がありますように」

最後にぎゅっと手を握りあったところで、無表情なメアリがヤスミンの体を捕らえた。

「ではレイニー様はお部屋にお戻りください」

その言葉にレイニーは最後ヤスミンの顔を見て、力強く頷いた。

(絶対に……ヤスミンを救い出す。そして一緒にウィルヘルムに帰りましょう)

その思いは彼女に伝わったと見えて、ヤスミンは力強く頷き返した。

＊＊＊

それからはしばらくはヤスミンには会わせてもらえなかった。代わりに侯爵の命じるままにあちこちに買い物に出かけたり、社交の場に連れて行かれたりして、毎日楽しそうに振る舞うように強要された。

「余計なことは言わない方がいいわよ。例の侍女の命が惜しかったらね」

そうレイニーに言ってくるのは同じく養女の立場であるイブリンだ。出先にはかならず彼女と侍女のメアリとハンナが一緒に付いてきて、レイニーの一挙手一投足を見張っている。

(ジークヴァルド様に連絡を取りたくても、これだけ見張りが厳しかったら連絡の取りようもない)

無理に連絡を取ろうとして気づかれたら、ヤスミンがどんな扱いを受けるのかわからないのだ。

（今のところは、ヤスミンに対しても丁寧な扱いをしているみたいだから……）

ヤスミンを取り戻し、ウィルヘルムに連絡を取る方法を探っている間にさらに一月が過ぎ、レイニーがウィルヘルムから旅立ってから既に二ヶ月が経っている。表向き王都で生活を楽しんでいるふりをしている自分は良いが、ずっと軟禁状態のヤスミンのために、なんとかしなければと焦りが増していた。そんなある日、侯爵がレイニーを執務室に呼び出したのだった。


「さて、ようやく国王陛下主催のパーティで、陛下との謁見が執り行われることになった。良いドレスを用意してやろう。楽しみにしているといい」

カスラーダ侯爵はそう言うと楽しそうに笑う。レイニーは顔を見るたびに感じる侯爵の醜悪な匂いに呼吸することすら上手くいかない。

（でももしかしたらチャンスかもしれない。結婚誓約書の件を公の場で話すことができるかもしれないから……）

レイニーがそう考えていると、彼はニタリと笑う。

「今回、陛下の前でお前はウィルヘルム辺境伯との婚約破棄の申し出をするように。それでお前はウィルヘルムに帰らなくて良くなるだろう」

「どうしてっ……」

結婚誓約書を受諾してもらうはずが、婚約破棄の申し入れをしろというのか。書類上はともかく、とっくに二人は結婚しているというのに……。レイニーはショックでそれ以上の言葉が出なくなる。

（そもそも私にウィルヘルムに嫁げと言ったのは侯爵なのに……）

それを自ら取り消せというのか。

「あんな辺境に『慈雨の乙女』なぞやってはもったいないからな……。いっそ第一王子に嫁がせるのも悪くない……ふむ。そうすれば私は国王の義理の父か……」

養父と名乗る男の無責任な言葉にレイニーはぎゅっと手を握り、侯爵を睨む。

「絶対にイヤです。私はウィルヘルムに嫁ぎ、名実ともにジークヴァルド様の妻になったのです！結婚を白紙にするだけでなく、別の方に輿入れなどできるわけないじゃないですか！」

レイニーが普段上げたことのないような大きな声を上げると、侯爵はニヤリと笑って、侍従に目線を送った。瞬間、侯爵からいつもよりもっと嫌な匂いが漂い執務室に充満する。思わず吐き気にえずきそうになった瞬間。

「……レイニー、様……」

その場に連れてこられたのは、以前より痩せて、快活な笑顔が消えたヤスミンだった。

「ヤスミン！」

咄嗟に彼女の元に行こうとするが、ヤスミンを連れてきた騎士達に止められる。

「……レイニー、もちろん私の言うことに従うだろう？　陛下の前で、あの男との結婚をやめると言うんだ」

「――い、いやっ」

咄嗟に掠れ声が漏れてしまった。だがヤスミンはそんなレイニーの顔を見てしっかり声を上げた。

「レイニー様。……誰がなんと言おうと、レイニー様はウィルヘルム辺境伯夫人です！　レイニー様の夫は、ウィルヘルム辺境伯ジークヴァルド様です‼」

震えながらもそう声を上げるヤスミンを見て、思い通りにならないレイニーと侍女に怒りをあらわにした侯爵は、恐ろしい形相を浮かべ、騎士に視線を送る。

「この図々しい侍女が一言でも余計なことを言ったら痛い目にあわせてやれ」

その言葉に無表情のまま騎士はヤスミンの腕に手をかけると、それを捻り上げさせた。

「――っ」

咄嗟に声を上げるのをヤスミンは耐えた。ぎちぎちと骨の軋む音がする。

「お前の態度次第では、この娘の腕を使い物にできなくしてもいいのだぞ？」

「だ、大丈夫、です。レイニー様は思う通りにっ――」

「ヤスミン‼」

ヤスミンが声を上げた瞬間、嫌な音がして彼女は耐えきれず悲鳴を上げる。次の瞬間、彼女の捻り上げられていた腕がだらんと垂れ下がった。

「ヤスミン！　な、何を、何をするんですか！　彼女はウィルヘルム家門の男爵令嬢ですよ！」

咄嗟に声を上げるが、騎士達はニヤニヤと笑ったまま、レイニーを離してはくれない。

「ああ、悪い。運の悪い事故だ。肩の関節が外れてしまったな。このままだとこの侍女は激痛に耐えた挙げ句、右腕が使い物にならなくなるな。若いのに可哀想に……」

ヤスミンは強すぎる痛みに耐えかねたらしく、肩を抱き抱えるようにしてその場に蹲った。レイニーはその光景にガクガクと唇が震え、歯の根が合わない状態だ。目の前で起きたことは頭で理解できても心がついていかない。顔色一つ変えず、女性に対して非道なことを行った侯爵を呆然と見上げる。

「レイニー……わかっただろう？　今すぐ婚約破棄の申し出の手紙を、ウィルヘルムに書くな？」

淡々とした言葉にレイニーは声を失ったままだ。

「……お前が素直に従えば、侍女はすぐに治してやる。大切な侍女のためだ。一通手紙を書くのになんの問題がある？」

レイニーが追い詰められている様子を確認して、侯爵がニマニマと笑い始めたのが気持ち悪くて、怒りと悔しさで目の前がチカチカしてくる。だが今痛みに苦しむヤスミンを見ていたら、一分一秒が惜しいのも事実だ。

「わかりました。言うことを聞きます。だから……今すぐヤスミンに治療を！　治らなかったら、私は今後一切協力をしません」

意識朦朧としながらも、ヤスミンが真っ青な顔をして、痛みに脂汗を流している様子に長い時間はかけられないと、レイニーは侯爵を睨み、嫌らしい申し出を受けると即答した。

「ごめんなさい、ヤスミン……」

痛いだろう、辛いだろう……。ヤスミンがこんな顔をしているのを初めて見る。苦しくて息が止まりそうだ。

「ははははは、まったくお前は愚かな女だ。最初から素直に従えば、侍女も痛い思いをしなかったものを！」

絶望に打ち拉がれるレイニーを見て、すべてが思い通りになった侯爵は楽しげに高笑いした。

医師によってヤスミンの肩の整復がなされている間に、レイニーはジークヴァルドに婚約破棄を申し入れる手紙を書かされた。一字一字を書くたびに吐き気と悔しさに涙が込み上げてくる。

最後に自分の名前に署名を入れると、その手紙を取り上げて確認した侯爵は満足げに笑みを浮かべた。

「ああ、これでいい。あの男もこれでお前を諦めるだろう。貧しい辺境には出来損ないの聖女がふさわしいと思ったが、あの領地のおかげでお前は雨が降らせられるようになったのだから、感謝しないとな」

レイニーの顋に手をかけて、侯爵は顔を覗き込んでニィッと口角を上げた。

「あの野蛮人ではお前のように金になる聖女を手に入れたところで、碌な使い方はできないだろう。俺の方がよほどお前を上手く使ってやれる。感謝するといい、王都で贅沢な暮らしができるのだからな」

そう言って馬鹿笑いをする侯爵に、ますますレイニーの心は冷えていく。

（都会での生活なんて一つも望んでいない。私はただ、ヴァルの傍で穏やかで愛に満ちた、優しい生活をしたいだけ……）

手紙を書き終えるとようやく解放され、ヤスミンの眠る部屋に連れて行ってもらうことができた。

「ごめんね、ごめんなさい。ヤスミン……」

肩の脱臼は整復され、包帯でしっかりと固定されている。だが未だに痛みがあるらしく、彼女は脂汗を流して苦しんでいる。医者の指示で痛み止めを使っているが、それでも痛みは抑え込めないらしい。持っていたハンカチでそっと彼女の額の汗を拭う。

「……痛いよね。辛いよね……」

明るくて朗らかで、人に対しての気遣いのできる優しい子だ。さっきだってレイニーのために体を張って守ってくれた。

（私に付き添って王都に来なければ、こんな地獄に巻き込まないですんだのに）

そっとヤスミンの額に祝福のキスをすると、横にいたハンナに声をかけられた。

「レイニー様、ヤスミンの無事を確認したら、部屋にお戻りください」

「いいえ、私がここで目を覚ますまでヤスミンの看病をします！」

咄嗟に抗ったが、奥に控えていた騎士達が近づいてくる。

「これ以上レイニー様が身勝手な我儘(わがまま)をおっしゃると、ヤスミンにとっても良くないと思いますが……」

メアリにそう冷たく言い放たれて、先ほどの残酷な光景が脳裏に浮かぶ。ここで逆らって怪我をしているヤスミンに騎士達が少しでも無体な振る舞いをしたら……。

「それならば、侯爵に確認してきてください。ヤスミンが目を覚ますまでは私はここにいます。許してもらえなければ、国王陛下の前で何を言うかわかりません、と」

怒りを堪えてレイニーが拳を握りしめ言うと、騎士も侍女達も無表情のまま頷き、侍女は侯爵の意志を確認しに行った。

「侯爵様が、勝手にしろ、とのことでした……」

その言葉にホッとする。自分の目の届かないところで、意識のないヤスミンに何をされるかわからなくて怖かったからだ。


だがその後ヤスミンは三日間、傷のせいか、それともそれまでの虜囚となった生活で体調を崩していたのか発熱し、意識ももうろうとしていた。傷の治りもあまり良くないらしく、苦しげに魘される様子に、レイニーはヤスミンに申し訳なくて、できる限り必死に彼女の面倒を見た。

「少しだけでも……楽になるといいのだけれど……」

できる限り動かさない方が良いと言われ、体の清拭すらできない。そっと額や首元を濡れた布で拭って上げることしかできない。

この三日間、ほとんど眠っていないため、レイニーも眠気が襲ってきて意識が遠くなりそうだ。

（ちょっと目を覚まそう……）

レイニーはそう考えて、ヤスミンのいる部屋から窓を開けて外を見る。

春の盛りの豪奢な侯爵邸の庭からは、様々な花の匂いが漂ってくる。空を見上げると、朧月（おぼろづき）が柔らかな光を降り注いでいた。顔を上げたせいか、寝不足のせいか、ズキリとこめかみの奥が痛んだ。ふと、レイニーは三日前に、ジークヴァルドに送るために書かされた手紙を思い出す。

『もうウィルヘルムの辺境で暮らしたくありません。寒くて何もなくて、うんざりです。私は望んでいない婚約を継続したくもありません。好きでもない男性に触れられることも、会話することも嫌で仕方ありませんでした』

侯爵に強要され、夫とウィルヘルムに対する思ってもいない不満をいくつも書かされた。そして華やかな王都で『慈雨の乙女』として、みんなに望まれて聖女として生きていきたいとも書いた。

（早馬なら、そろそろヴァルのところに、手紙が届く頃かしら……）

もしあんな酷い手紙をジークヴァルドが受け取ったら、あれだけ愛し合っていたのに、その相手から突然裏切られたとショックを受けるだろう。

（そして……私のことなんて、嫌ってしまう）

あの手紙を見られたら大切な領地と領主を裏切ったレイニーを、ウィルヘルムの人達も、もちろんジークヴァルド本人も許してはくれないと思う……。

（それでも、私との関係が破棄されれば、少なくともヤスミンだけはウィルヘルムに返されるはず）

ヤスミンはウィルヘルム家門の男爵家の令嬢だ。この結婚がなくなってしまえば、彼女がレイニーの侍女を勤める理由がなくなるし、彼女を解放せざるを得ないだろう。そうすればヤスミンだけでも、この地獄のような場所から逃がしてあげられる。

でも、この三日、全然体調が良くならなくて、もしかして彼女を故郷に帰してあげることすら叶わないのではないだろうか、と不安になるのだ。

（どうして、こんなことになってしまったの？　もし……私が雨を降らせることができなかったら、こんなことにはならなかったかもしれないのに……）

今も彼の元で、穏やかで幸せな暮らしができていたことだろう。ヤスミンもきっと以前と変わらない、弾けるような笑顔を見せていただろう。

だが、雨が降らなければヒルデガルドを始めとした、ウィルヘルムの人達がもっとたくさん亡くなってしまっていたはずだ。

（だから、雨を降らしたことに悔いはない）

一瞬、神を責めたいような気持ちになったことを、ゆっくりと首を振って否定する。雨を降らせることができたおかげでジークヴァルドの大切な人達を守れたのだ。大きく息を吸って膨れ上がって暴れそうになる感情を抑え込む。

窓から外を見下ろすと、根元に瑠璃草を植えた大きな木が月明かりに微かに見えた。レイニーは自然と彼と初めて会った時のことを思い出していた。

小さな植物のために必死で植え替えをしてくれたこと。髭だらけの顔の中で優しい緑色の瞳が印象的だったこと。汚れた手を困ったような顔をして見ていた彼を思い出し、レイニーは自然と微笑む。

（あぁ……ヴァルに、会いたい……）

渇望するような切実でひたむきな想いは、夕立の雨雲があっという間に空を染め変えていくように、レイニーの心を支配していく。

（ヴァルに会いたい。あの優しい目を見て、大好きですと伝えたい。貴方と一緒にウィルヘルムで生きていきたい。富も名誉も、聖女の名もいらない。貴方さえ、隣にいてくれたら……）

全身から気持ちが溢れ出すと共に、雨の匂いが満ちていく。ぎゅっと握りしめていたレイニーの拳に風が触れ、ゆっくりと開いた指の先で、その風は小さな渦巻きを起こした。

（書かされた偽りの手紙ではなくて、雨が私の本当の気持ちを届けてくれたら良いのに……）

――もし……私が『慈雨の乙女』として、望み通りに雨を降らせることができるのならば。

「神様お願いいたします。ヴァルのところに、雨を降らせて。……私の、想いを伝えて」

そう月に向かって呟いた瞬間、彼女の涙がほろりと睫毛から頬に伝っていった。

第九章　闘技場に降る雨

レイニーが王都に旅立ってから二カ月。時折王都から届く手紙を読むたび、ジークヴァルドは小さくため息をつくことが増えていった。

「ヴァル、国境を荒らしている盗賊団も、今年は早く春が来たせいで本業の畑仕事でおとなしくしているし……」

ひそかに塞ぎ込むジークヴァルドの顔を覗き込んでくるのは、従兄弟で相談相手のランドルフだ。

確かに今年は予定より早く春が来た影響で、例年なら雪が解けた途端動き始める国境沿いの盗賊も、隣国と冬明けに行われる小競り合いも、全部後回しになっている。おかげで国境線を守るというジークヴァルドの辺境伯としての仕事も、今年はあまり忙しくはない。

「ウィルライトの加工業も始まって、仕事にあぶれる人間は減っているから、去年の春よりずっと治安は良くなっているだろ？　留守役は俺とヒルデガルド様がいたら十分だ。さっさと王都まで夫人を迎えに行ったらどうだ？」

妻に会いたくなったのだろうと言いたげなランドルフの言葉に、何と説明して良いのかわからずに、ジークヴァルドは先ほど届いた手紙を渡した。このところ同じような手紙が届いているせいで、ジークヴァルドは春なのに気持ちが塞いでいるのだ。

「俺が読んでいいのか？」

その言葉にジークヴァルドは黙って頷く。最初は手紙が届いて良かったというように、笑顔だったランドルフだが、読み進めていくうちにジークヴァルドと同じく表情が歪んでいく。

「これじゃあまるで……レイニー様が王都での生活を楽しんでいるから、ウィルヘルムに帰りたくない、と言っているように思えるな」

やはりそのように読み取れるのか、とジークヴァルドは苦笑する。手紙の内容には、レイニーが王都の生活を満喫している内容で、聖女としていろいろな人に会わないといけないから、もうしばらく王都にいます、といった内容だ。

（もともと王都出身のレイニーが聖女として王都に戻ればこうなることは予想できていたはずだ）

ジークヴァルドは気にくわない手紙の内容に、自分に冷静になるように言い聞かせる。

「ウィルヘルムの冬は南部出身のレイニーにとっては辛かったはずだ」

苦しげに言葉を絞りだす彼の言葉にランドルフは首を傾げる。

「そうか？　その割にレイニー様は喜んで寒い厨房に入り込んでお前のための料理を作りたがるし、掃除なんかも侍女に止められても積極的にやっていたらしいぞ。寒いのがいやだったらそもそも部屋に閉じこもって、毛布をかぶって暖炉の前にいるんじゃないか？」

確かにレイニーは毎日のように寒い廊下を歩いて、ジークヴァルドの執務室まで来て、差し入れと称して軽食と共にお茶を淹れてくれたりもした。

「まあ、確かにそうだが……」

「そういえば、アルクス子爵の体調は良くなったのか？」

レイニーの帰省目的を思い出したようにランドルフが尋ねると、ジークヴァルドは頷く。

「ああ、叔父上は無事回復されてアルクスに戻ったようだ」

だが待機している騎士団員達からの報告では、叔父の病気がよくなりアルクスに帰った後も、レイニーは他の養女達と買い物だ、カフェだと毎日出歩いているらしい。そして雨を降らせた聖女ということで、貴族達からの誘いがひっきりなしでパーティ三昧だという。その話をランドルフに告げると、彼は再び首を傾げた。

「……レイニー嬢が連日の買い物にパーティ三昧？　そういうタイプには思えないが」

確かにランドルフの言っていることもわかる。レイニーはウィルヘルムにいる間は、どちらかというと裏方のことが好きで、家事も好きで、派手なことは嫌うように見えた。だがそれもウィルヘルムに馴染まなければならないという、必死の思いだったのかもしれない。それに……。

「未だに俺達の結婚誓約書は承認を受けていない。それもレイニー側の書類が整わないという理由で」

釈然としない気持ちで、ジークヴァルドが持っていたペンを握りしめると、あっさりと手の中で折れた。まるで自分とレイニーとの関係のようだ、と思う。

ウィルヘルムに来た時のレイニーは、自分が役に立たない聖女だと、ずっと自分を卑下しているよ

うだった。それが雨を降らせ人々を救い、王都でその功績をもてはやされたら、もしかして自分に自信を持って、まったく違う考え方をするようになることもあるのかもしれない。

(そもそもレイニーは愛らしいし、性格も穏やかで優しい。バラのような華やかさはないが、凛と咲く百合(ゆり)のような美しさがある人だ)

本人が控えめだっただけで、誰にもその美しさを気づかれていなかっただけだ。

「だとしても、ウィルヘルム辺境伯当主が送った結婚誓約書が、そのまま受理されず放置されているというのがそもそもおかしいだろう? お前、本気で一度王都に行った方がいい。ほらヤスミンの家族からも、手紙の返信が届かないと言う話が出ていたじゃないか」

確かに家族思いのヤスミンが、家族からの手紙を無視するということはありえないだろう。日常の忙しさにかまけて考えないようにしてきたことを、ランドルフに突きつけられた思いだ。

「……そうだな。やはりレイニーに会って、直接聞くことにしよう」

その結果、彼女がウィルヘルムに戻らないと決めたのなら仕方ないことだ。もしも彼女の気持ちが、ウィルヘルムにいた頃と変わってしまったのなら、それを受け止めなければならない。そもそも王都の法律では、貴族録に載らない限り、正式に結婚したとは認められないから、未だに二人の関係は婚約で留まっている状態なのだ。

(やはり王都に向かおう)

ジークヴァルドがそう決意をしたその時。

「王都のカスラーダ侯爵とレイニー様の連名で、書状が届きました」

侍従に案内されて飛び込んで来たのは、王都からの早馬を使ってきた使者だ。

「……なんだ？」

穏やかとは言えない状況に、ランドルフが手紙を持ってきた使者を睨みつける。

「王都からはるばる……ご苦労だったな。用件を聞こう」

ジークヴァルドが低い声で声をかけると、緊張した様子の騎士が一歩前に出て、書状を掲げた。

「カスラーダ侯爵と養女レイニー様より、ウィルヘルム辺境伯との婚約について破棄したいという申し出がございました。こちらがその書状でございます」

男の声に、控えていた侍従や侍女、護衛の騎士達が一斉に騒めいた。

「…………」

ジークヴァルドは一瞬冷たいもので心臓を掴まれたような心地になる。王都で楽しんでいる様子は伝わってきていたが、まさかこんな形で、直接会うこともなく書類を送ってこられると思わなかった。

「……婚約破棄、の申し入れか？」

既に領内では結婚式を挙げ、夫婦として生活していたのに、その事実さえ無視するような言葉になんとも言えない空しさと冷たい怒りを感じた。使者の男は強ばった顔をしつつも頷く。

「そうか。……まずはこの手紙を確認させてもらおう。使者殿に休むための部屋を用意しろ。馬はこちらの馬場で面倒を見るように」

それだけ言い終えると、ジークヴァルドは執務室から出て、一人で自室に籠もり手紙を開く。侯爵からの手紙は美辞麗句を連ねてはいるが、要約すれば『慈雨の乙女』であるレイニーはウィルヘルムのような貧しい土地にはふさわしくない、と書かれていた。

「まあ……予想通りだな」

小さく呟く。次にレイニーからの手紙を開こうとして、一瞬躊躇ってしまった。あえて彼女と過ごした寝室は目に入れないようにして、書棚に置いてあった強い酒を出すと、そのままボトルに口を付けて直接酒を飲んだ。

「――っ」

焼けるような酒の熱にようやく気合いが入り、レイニーの手紙を開く。そこには彼女の美しい手蹟(しゅせき)で、彼との結婚を後悔し、婚約を破棄したいという言葉が、切々と書かれていた。

(あぁ、俺との夫婦関係はなかったことにしたい、とそういうことか……)

あれだけ慈しみ合ったのに、このような冷酷な言葉を書いてくるとは……。

信じたくはないが、この手紙を彼女が書いたことは事実だ。人の心は変わる。辺境伯当主として様々な交渉の場にいたからこそ、そんなことは良くわかっていたはずだ。

(……レイニーは雨を降らせることのできない自分に、劣等感をずっと抱いていたようだった)

それは誰かの期待に応えることができないという悲しみだったのかもしれない。

導かれるように、ジークヴァルドは部屋から出て庭に足を踏み入れる。この領地ならどこにでも生えている瑠璃草が目に入ってきて、彼女と過ごした湖の畔での昼下がりを思い出し、ジークヴァルドは一層胸が苦しくなる。

(今年の秋、瑠璃草が青い絨毯を広げるのを、一緒に見られると信じていた……)

彼女の手紙の衝撃に、冷静に物事が考えられない。あんなに愛おしい存在をこんな簡単に失うことがあっていいのか……。まるで足元から、世界のすべてが崩れ去っていくような感覚だ。

荒れ狂う感情を抑え込むため、大きく息を吸って空を見上げる。春の朧月(おぼろづき)は、雲に覆われて微かにしか見えない。

(だが……俺がこの手を離すことで、レイニーが幸せになれるのなら……)

ゆっくりと諦めの気持ちが胸に上がってくる。もし彼女が『慈雨の乙女』として生きることを望むなら、自分にそれを止める資格なんてないのだ。

(レイニーは俺にとって唯一の、誰よりも大切な女性だ。……だからこそ愛おしい人には、たとえ自分の手元ではなかったとしても、幸せになって欲しい……)

月を睨み付けるような気持ちで見つめていると、ふわりと湿気を伴った風がジークヴァルドの元に吹いてくる。

「……雨が、降りそうだな」

あの日、雨を降らせたレイニーの姿が脳裏に浮かぶ。神に愛された慈しみの雨を降らせる聖女だ。

一気に強まる湿った埃の匂いと共に、朧月があっという間に霞(かす)んでいく。突然の天候の変化に目を見開いた刹那、しとしとと静かな雨が降り始めた。それは暖かい風を孕んで、植物を大きく育てる春の慈雨だ。

ジークヴァルドが頬に当たった雨を拭い、空を見上げると、たくさんの雨が空から落ちてくるのが見えた。その一粒一粒が、彼に触れるたびに、小さな声を発した。

『貴方に会いたい……』

ジークヴァルドはその声に驚き、大きく目を見開く。

『貴方が、恋しい……』

『貴方の待つ、ウィルヘルムに帰りたい』

最初は自分の願望が雨音をそんな風に捉えているのではないかと思った。だが雨が彼の頬に、額に、伸ばした手のひらに触れるたび、耳元でレイニーが囁く声がした。

『ヴァル、貴方の傍にいたい……』

『ヴァル、貴方を誰よりも愛しています』

その声に、先ほどのレイニーの書いた手紙の冷たさが打ち消されていく。

(あぁ……そうか)

彼女はきっと侯爵の意に添うように無理矢理手紙を書かされたのだろう。美しすぎる手蹟の手紙の文字は、今、彼に触れる雨が囁く言葉より実態のない、虚無なものだと思い知らせてくれる。

(……すまない。貴女の本当の気持ちを読み取ることができなくて……)

レイニーの雨に濡れて、ジークヴァルドは恋に自信のない愚かな自分の心を笑った。大切だからこそ、なくすことに怯えていた自分を悔いる。

「あぁ、俺もだ。俺もレイニー、貴女を愛してる！」

空から降ってくる雨に、そう叫んだ瞬間。

「こっちだ。こっちにジークヴァルド様がいるぞ！」

中庭の向こうから走ってくるのはランドルフと、そして城の侍従や侍女達だ。

「レイニー様が、帰ってきたいってそう仰ってます」

「雨が、そう言っています！」

「ジークヴァルド様が大好きだって、愛してるって……」

「自分の言葉が俺達にまで聞こえているって気づいたら、レイニー様、恥ずかしがるんだろうな」

「おかしいと思ったんだよ。だって厨房にまで入り込む辺境伯夫人だぞ？　ウィルヘルムに戻ってきたいに決まっている」

笑みを浮かべたランドルフが近づいてくると、バシンとジークヴァルドの肩を叩いた。

「今すぐ……迎えに行くだろう？　最強の騎士は最愛の姫を、攫いにいくものだからな」

ランドルフの言葉にジークヴァルドも頷く。

「ああ、もちろん。レイニーを取り戻しに行こう」

ウィルヘルムに降り続けている雨は、レイニーの気持ちを伝えてくれる。

ジークヴァルドを愛している、彼の領地ウィルヘルムに帰りたい、ジークヴァルドとずっと一緒にいたい。

――その夜にウィルヘルムに降った雨は、触れる人々達に彼女の想いをずっと囁き続けていた。

＊＊＊

王都で、国王主催で開かれた春の宴にレイニーは美しく着飾って参加していた。だが化粧された下で、相反するように目は落ち窪み、焦燥感が滲み出ている。

（今日、私はジークヴァルド様との婚約破棄を、国王陛下に申し出なければならない……）

だが悲壮な決意をしている彼女を気にすることなく、カスラーダ侯爵は彼女の先を意気揚々と歩いていく。

近頃王都に戻ってきた『慈雨の乙女』レイニーが、国王の元に挨拶に向かう姿を見て、人々は『いよいよ噂通り婚約を破棄するのかしら』などと身勝手な噂に興じている。まっすぐ見上げた先には、真っ白な大理石の壇上があり、その先に玉座があってそこに国王が座っている。彼女は下から国王に向かって深々と挨拶をする。

「国王陛下、カスラーダ侯爵家の養女、レイニーでございます。拝謁を賜り恐悦至極に存じます」

「ああ、其方が『慈雨の乙女』か」

レイニーがゆっくりと顔を上げると、国王がこちらを見下ろしていた。本当ならば、ウィルヘルム辺境伯夫人と名乗るはずだったのかもしれないと思いながら、なんとか拝謁の挨拶をこなした。

「陛下。このたびは私の申し出に拝謁を許可していただき、ありがとうございます」

つらつらと挨拶をする侯爵の声を聞きながら国王を見上げる。国王は少し髪が薄くなっているが容貌は整っている中肉中背の男性だ。ありがたいことに威圧するほどの怖さは感じない。どちらかというと穏やかそうな人柄に見えてホッとする。

「さて、このたびの申し立てというのはなんだ？」

そう尋ねてきた国王へ諂(へつら)った表情を浮かべながら、侯爵が答える。

「私の娘レイニーの、ウィルヘルム辺境伯との婚約破棄について正式に申し入れしたいと思い、お伺いさせていただきました」

その言葉に、国王は「ほう」と一つ声を上げた。侯爵のことだから多分根回しはすんでいるのであろう。声は上げたが驚いている様子はなかった。

「ウィルヘルム辺境伯との婚約を破棄したいだと？　何故だ？」

じっとレイニーの顔を見つめ国王が尋ねてくる。レイニーは一瞬目を閉じて、ベッドに横たわるヤスミンの姿を思い出し、唇を噛みしめた。

（ヴァル、ごめんなさい……）

彼女を救うためには仕方ないのだ……。

「私はカスラーダ侯爵家に引き取られてからずっと、『慈雨の乙女』としての力を発揮できずにいました。ですが、先日ウィルヘルムで雨を降らせることができて、この力は広く皆様のお役に立てるべきではないかと、そう思い至ったのです」

レイニーは侯爵からそう言えと言われていた言葉をそのまま口にする。すると噂していた人々は、小声だが興奮した様子で互いの肘を突き合う。

「レイニーの力は、フェアウエザー王国全土で利用すべきかと。北の辺境伯夫人となってしまっては、その能力を上手く使いこなせないと思いませんか?」

侯爵が悦に入ったようにそう声を上げると、会場のあちこちから拍手が起きた。どの領地もレイニーの力を欲しているのだ。ふんと侯爵の鼻の穴が膨らむのを見て、レイニーはなんとも言えない切なさを感じている。

(もちろん、ウィルヘルムにいても助けを求められたら、どの領地でも向かうつもりだった……)

けれど聖女となれば、自分自身の幸せはすべて諦めなければならないのだろうか。愛する人との婚約破棄を自分から申し出なければならないという事実に絶望していると、国王の元に侍従が走り寄り、王の耳元に何かを囁く。

「……ああ、間に合ったか」

何が間に合ったというのだろうか。レイニーが首を傾げていると次の瞬間、大きな音がして広間の入り口の扉が開いた。遅刻して入ってくるにしてはずいぶん大きな音がして、後ろを振り向いた人達から、ざわざわとした空気が会場内に広がっていく。

「……お呼びにより、登城いたしました」

その声にレイニーの全身に衝撃が走る。国王の前で後ろを振り向けない彼女は、良く通る低いその声を、耳だけでなくて体中で必死に聞き取ろうとしていた。

「良く来たな。……ウィルヘルム辺境伯」

ゆっくりと歩いてくると、レイニーの隣にその人は立った。レイニーは食い入るように彼の横顔を見て、その存在の確かさに声を堪え、ぐっと喉を鳴らす。

(なんで、なんでここにヴァルが……っ)

予想もしない人の登場に頭がクラクラして、何をどう考えて良いのかわからなくなる。一方では再びその姿を見られたことが、嬉しくてたまらない。一瞬、焦ったような顔をした侯爵が、自分より頭一つ上にあるジークヴァルドの顔を見上げた。

「レイニー嬢より其方との婚約破棄の申し出があったようだが……其方はどのように考えている?」

王の問いに、ジークヴァルドはじっと彼女を見つめ、悲し気に微笑んだ。

「……貴女の気持ちと、俺の気持ちは通じ合っている、とそう思っていたのだが。……貴女は俺との離縁を求めるんだな?」

その言葉にレイニーは息を飲む。一瞬侯爵から『わかっているだろうな』といった視線の圧を向けられて、ジークヴァルドに伸ばしたくなった手を、拳に変えて握って堪える。

（ヤスミンの部屋には騎士がいて、私が侯爵の意に逆らえば、即座にヤスミンに危害が加えられる）

その事実がわかっているからこそ、何も本当のことを言うことができない。

「……申し訳……ございません。ジークヴァルド様、婚約を破棄してくださいませ」

絞りだしたその言葉と共に頭を深く下げる。レイニーが思い通りに動いたことに、侯爵はホッとした様子で笑みを浮かべた。

「王国の人々を助けたいという娘の願いなのだ。承知してくれるとありがたい」

侯爵の言葉に、ジークヴァルドは無表情のまま頷く。

「それでは早速、こちらの書類に調印を」

用意周到な侯爵は、婚約破棄の書類をジークヴァルドに押しつける。彼はチラリとつまらなさそうな顔をしてその書類を受け取ると、侍従が用意した台の上で何の躊躇いもなく署名をする。

（……あぁ、これで……全部終わる）

ジークヴァルドとの幸せだった日々も、ウィルヘルムで家族のようにレイニーを大切にしてくれていた人達とも、もう二度と会うことはないのだろう。レイニーは涙が浮かびそうで、それを堪えるのに必死だ。

「ほら、書き終えたぞ」

憮然とした表情でジークヴァルドは書類を侯爵に押しつけると、侯爵は嬉しそうな顔をしてそれを受け取った。宴の会場で同席している貴族達は、声を出すことすら憚（はばか）られるのか、離れたところから黙って様子を窺っている。

「ところで彼女に付けた侍女は即刻お返しいただきたい。うちの騎士団員を事前に侯爵邸に向かわせてある。そろそろついている頃だろう。侯爵、即座に対応を頼む」

「も、もちろんだ。屋敷に使いを出そう」

ジークヴァルドの要請に気を良くした侯爵は答え、そのまま控えていた侍女に屋敷に連絡するように伝える。レイニーはその様子を確認すると、安堵の息を零した。

(あぁ、良かった……これでヤスミンは助かる)

傷は心配だが、きっと故郷の家族達に囲まれていれば、傷ついた体も心も徐々によくなるだろう。

心の中で何度目かの詫びを言いつつ、レイニーはジークヴァルドに向かって頭を下げた。

「ヤスミンは肩を脱臼しています。早く……ウィルヘルムに返してあげてください」

そう声をかけると、彼は彼女を見つめることもなく頷いた。あの手紙を送った後だ。その冷たい様子に完全に自分が見限られたのだと確信する。胸は痛むが、それでもヤスミンのことを思えば耐えられそうな気がした。

ジークヴァルドは何も言わずに、ゆっくりと侯爵に背を向けた。そのまま振り向くことなくレイニー達の前から立ち去ろうとする。レイニーは、自分から一歩ずつ離れていく彼の背中を見て、切なくて胸が苦しくて、彼を傷つけたことに申し訳ない気持ちでいっぱいだった。

「驚いたな。こんなあっさりと手放すのだな……」

「もともと政略結婚だ。狡猾な侯爵が辺境伯にとって有利な条件でも付けたのだろう」

ジークヴァルドが背を向けたことで、ようやく周りは勝手にこそこそと囁き始めた。

だが周りの状況など気にしない侯爵は、念願の書類を手に入れた喜びを隠しきれずに、にやにやと笑っている。その満足げな表情に、大切なものを失った堪え難い苦しさにレイニーの心の中は騒つく。

――だが刹那。

「それで満足か？　ならば俺は……お前にこれをくれてやる」

辺境伯が振り向き、言葉を発した次の瞬間、その侯爵の憎らしい笑い顔に、何か黒いものがビタンとぶつかった。侯爵は咄嗟のことに、半笑いの顔のままそれを手に取った。

「……なんだ、これは？」

それは黒い手袋だった。先ほどまでジークヴァルドがつけていたものだ。ジークヴァルドは自分のつけていた手袋を外し、カスラーダ侯爵の顔をめがけて投げつけたのだ。

（こんなの……まるで決闘じゃない？）

レイニーの驚きと同じタイミングで人々がどよめく。

「レイニーが雨を降らせた途端、ウィルヘルムのような田舎領地に『慈雨の乙女』はふさわしくないと、散々王都で吹聴していたようだな、カスラーダ侯爵」

すぅっと細めた目と、低く唸るような声。辺境で実際に数々の戦闘を行っていた男の、殺気を孕んだ眼光に侯爵が一歩後じさる。

「侮辱を受けたウィルヘルムは、……カスラーダ侯爵に、『強奪婚』を要求する！」

「『強奪婚』だと？」

その言葉に、再びあたりはどよめいた。

（強奪婚って……何の話？）

どこかで聞いたことがある言葉だが、意味はまったくわからない。レイニーの疑問は他の貴族達にとっても同じだったらしい。

「『強奪婚』ってなんだ？」

「確か……昔、嫁の来手がないウィルヘルムに、国王陛下から許された花嫁を奪うための決闘だ」

「ここ百年以上行われていなかった慣習だぞ？　それを……今、辺境伯は要求したのか？」

騒ぐ人々を制するように、国王がゆっくりと手を挙げて周りの喧噪を止めた。

「つまりウィルヘルム辺境伯は、『強奪婚』の正規の手段に則って、カスラーダの娘・レイニーを奪うというのだな」

その言葉に、おおっと人々がどよめく。侯爵だけは顔を真っ赤にして、その状況に怒りをあらわにした。だが国王だけは低く笑いながら頷く。

「面白い。『強奪婚』は国境を守るウィルヘルムのみに特別許された権利だ。カスラーダ侯爵と決闘を行い、望む娘を妻として強奪するがいい」

「陛下、許可をくださり感謝いたします」

そう言って国王の前を辞すると、すれ違いざまジークヴァルドは一瞬レイニーの前で立ち止まる。

「……すぐに貴女を迎えに行く」

彼女にだけ聞こえるように告げると、振り向いたレイニーに向かって、彼は再会してから初めて、微かな笑みを浮かべたのだった。

＊＊＊

予想外の展開に不機嫌そうな顔をした侯爵は、すぐにレイニーを連れて宴会の席を抜け出した。一方用意周到なジークヴァルドは待機させていた騎士達にヤスミンを迎えに行かせていたので、侯爵が屋敷に戻る頃にはヤスミンの姿は既に侯爵邸にはなかった。レイニーは侯爵の隣でその報告を聞いて、ずっと背負い続けていた重荷を下ろせたようなホッとした気持ちになる。

「まったく……あの男はいちいち苛立たしいな」

思い通りに婚約破棄の書類を手に入れたが、代わりに『強奪婚』の請求をされイライラとしている侯爵を見て、レイニーは少しだけスッとした気持ちを味わう。

（ヴァルのおかげで、ヤスミンは無事人質から解放されたし、もしかすると……）

ジークヴァルドはヤスミンを人質に、レイニーが婚約破棄を強要されていたという事態にも気づいていたのかもしれない。けれどその一方では決闘という荒っぽい方法でレイニーを奪うというジークヴァルドのことが心配でたまらない。

（もちろん、ヴァルはとても強いと思うけど……）

フェアウエザーでは、決闘は何も本人が行う必要はない。侯爵のような文官であれば、武闘に長けた代理人を立てることが一般的だ。それを証拠に侯爵はレイニーを睨みつけると、吐き捨てるように言う。

「あの単純バカ男は何が何でも自分で剣を取って戦うつもりだろう。だが俺は違う。王都で最も強い男を代理人として選び、あの男を逆に屠ってやる」

獰猛な笑みを浮かべる侯爵に次第に不安が胸の中に黒い靄を広げていく。

（本当に、ヴァルは大丈夫かしら……）

彼に怪我を負わせるくらいなら、自分が犠牲になる方がいい。けれどそんな思いを伝えたくてもレイニーには連絡する手段すらない。そして人質がいなくなった彼女は屋敷で軟禁のような状況になり、決闘の当日まで、ジークヴァルドの無事を祈る以外、何もできなくなってしまった。

＊＊＊

『強奪婚』のための決闘が行われる当日。

レイニーは侯爵に言いつけられ、見張り役としてついてきたイブリンと共に闘技場に到着した。

「……どうやら貴女の侍女は無事逃げられたみたいね」

ぽつりとイブリンに言われて、レイニーは彼女の顔を見た。

「けれど、あの侍女の話を聞いた時は、明日は我が身って思ったわ」

彼女は美しい眉を顰めた。レイニーは今もイブリンが侯爵に利用されているのだと気づく。

(ヴァルがもし私を救い出すことができなかったら……)

そう思うと身が震えるような気持ちになった。

一方どうやら久しぶりの公開決闘を貴族達は楽しみにしているらしく、闘技場には続々と貴族達が集まっていて盛況だ。この後見届け人として国王まで来ると聞いて、レイニーはことの大きさに不安と、何よりジークヴァルドが心配でずっと落ち着かない。

観客席から見える出場者の控え場所には、決闘の代理人である顔に傷のある厳つい男が侯爵と共にいた。

「あの男は昨年王都で行われた剣術大会で優勝したの。傭兵としてあちこちの国を渡り歩いているんですって。少々汚い手を使っても確実に勝つ男と悪名が高いらしいわ」

侯爵は笑顔で男の肩を叩く。傭兵であれば、お金で雇うことができたのだろう。剣術大会で優勝したのであれば、腕は相当立つことが予想される。そんな男と戦って無事にすむのだろうかと、レイニーはジークヴァルドのことがますます心配になってしまった。

「まあ、ウィルヘルム騎士団を率いている辺境伯当主もかなり強いって評判らしいけれどね。王都の人達はその腕を知らないから、あの傭兵の男に大枚を賭けたっていう貴族もいるみたいよ」

イブリンの話を聞いていると、レイニーはますます不安になった。

「……でも今回、私はウィルヘルム辺境伯に賭けたわ」

だが続いたイブリンの言葉にレイニーは驚いて彼女の顔を見返す。何故か彼女は苦虫を噛み潰したような顔でレイニーに向かってとんでもないことを言い出した。

「あのクソ侯爵……決闘に侯爵が勝ったら、今度は私にウィルヘルムに嫁げって言ったの」

「え……なんで？」

レイニーに嫁ぐように命じたくせに、雨が降らせられるようになったからと、こんな大事にしてまで破談にした。その上､今度はイブリンにウィルヘルムに嫁げと言っているなんて意味がわからない。

「あのウィルライトとか言う宝石の利権が欲しいのよ。単細胞の辺境伯には碌な商売ができないから、辺境伯夫人になって、利権を俺に預けろって……」

一瞬ジークヴァルドの隣に立つイブリンを想像して、ぎゅっと胸が痛くなる。けれど、先日の『すぐに迎えに行く』と言った時のジークヴァルドを思い出すと、レイニーは肩の力を抜いた。

「ありえない。それに……イブリンはウィルヘルムでは暮らしていけないと思うわ」

レイニーの言葉にイブリンも頷く。

「私もあんな田舎、死んでもイヤよ。……けど私はあの男の元にいる限り、単なる道具の一つに過ぎないのよ。今回のことをなんとか上手く処理したって、次はもっと酷いことを命じられるかも」

彼女は真面目な顔でレイニーの顔をじっと見つめる。真剣な様子を感じ取ってレイニーもまた彼女のことを正面から見返した。

「だから私、これから貴女と辺境伯に恩を売ることにするわ。地位でもお金でもいいから、その価分、きっちり返してね」

「恩？」

そう声を上げた途端、会場が歓声に包まれた。ジークヴァルドが闘技場に現れたからだ。それと同時に国王が闘技場の中央の特別席に登場すると、貴族達はますます大歓声を上げた。

「これより、ウィルヘルム辺境伯の求めによって『強奪婚』のための決闘が行われる。指名を受けたカスラーダ侯爵。代理人を立てるのだな」

国王の登場にあわせて、侯爵とその代理人も国王の手前に立った。そして国王の言葉に自ら名乗り出た。

「カスラーダ侯爵代理人、エクサラ傭兵部隊所属、ハッサム・ガリムだ」

男が名乗ると、あちこちから『ハッサム、頑張れ！』『お前に賭けたんだ！』などと声が上がる。

レイニーはきゅっと心臓が締め付けられるように感じながらも、祈るような気持ちで闘技場に向かい合った二人を見る。

「ウィルヘルム辺境伯、ジークヴァルドだ」

ぼそりと名乗るジークヴァルドは、ハッサムより頭半分ほど大きい。初めて目の前に立った男の体を見て、ハッサムは自らの剣の柄を撫でて、何やら思案する表情を浮かべた。

「それでは開始するが良い」

国王があっさりと宣言すると、特別席に座り決闘の行方を見届ける。二人は向かい合って立つと、ゆっくりと剣を構えた。

「これよりウィルヘルム辺境伯の求めによる『強奪婚』のための決闘を行う。両者……開始！」

王宮騎士団長が開始の声をかける。闘技場内は興奮の坩堝と化し、大きな歓声があちこちから上がった。

「……レイニー、一つ目の情報よ」

喧噪の中、イブリンが顔を寄せレイニーの耳元に囁く。レイニーが彼女の顔を見ると、彼女はハッサムの持つ剣を指差した。実力が拮抗しているのか、まだにらみ合っている状態で、お互い剣を交えていない状態だ。

「あれね、何か塗っているわよ。剣に。……多分麻痺とか起こす国内禁制の毒薬」

その言葉にレイニーは声を失う。

眼下ではハッサムが一気にジークヴァルドに距離を詰めると、持っていた剣を振りおろす。ガキンと鋼がぶつかり合う音がして、そのまま何合か打ち合う。

「掠れば、一瞬で麻痺毒が体中に回るわ。多分『降参』の声すら上げられなくなる」

その言葉にドクンと心臓が軋む。あの剣の切っ先が掠った瞬間、ジークヴァルドは動けなくなる。

ない。

彼が即座に降参の声を上げられなければ、剣術大会一位の男が、ジークヴァルドの命を奪うかもしれ

いきなり空気が薄くなった感じがして、レイニーは喉元に手を当てて、ハクハクと息を継ぐ。

力量的にはジークヴァルドの方が上らしく、落ち着いて斬りかかってくる男の剣を受け止めている。

レイニーの怯えなど知らないジークヴァルドは落ち着いた剣裁きで、数合で男を圧倒すると、焦った様子の男は慌てて距離を取り体勢を立て直そうとした。

「どうやら今のところ、辺境伯は余裕ありそうね。でも……いざとなったら……」

レイニーはイブリンの言葉を聞いて、ジークヴァルドに向かって声を上げた。

「その男、毒を塗った剣を持っているわ！」

けれどその声は周りの喧噪にかき消えてしまう。レイニーはぎゅっと手を握りしめたまま、どうしようかと思案する。心配するレイニーの思いとは裏腹に、今度はジークヴァルドが男に攻撃を仕かけていった。長身で体格に恵まれているジークヴァルドが大剣を振るうと、男はその鋭い剣を避けるのに必死で、さらに防戦一方になった。

「あら……心配するまでもなかったかしら……あの男、口ほどにもないわね」

呆れたようなイブリンの声が聞こえる。青空の下、響き渡るのは剣同士がぶつかり合う音だ。

「辺境伯……噂に聞いてはいたが、あれほどまでに強いとは……圧倒的ではないか」

誰かのため息交じりの声が漏れる。全員が固唾を飲んで見守る中、あっという間にハッサムという

男はジークヴァルドの剣戟に闘技場の端まで追い込まれ……。

「あっ……」

一際高い、キィンと言う音と共に、ジークヴァルドの繰り出す重い剣に、ハッサムは自らの剣を手放してしまう。床に落ちたハッサムの毒が塗られた剣を見て、レイニーはホッとため息を漏らす。ジークヴァルドはそのまま男の喉元に剣を突きつけた。

「……勘弁してくれ。ま、まいっ……」

剣を持っていた右手を顔の横に上げて、降参のポーズを取ろうとした男の左手が微かに動き、腰元で握った冷たい金属が、光にきらめいた瞬間。

「ダメ！　ヴァル。その男のナイフには毒が‼」

咄嗟にレイニーは声を上げていた。だが降参の声を上げるふりをした卑怯な男は、毒が塗られているであろうナイフでジークヴァルドの腹を抉ろうとする。レイニーの目に、男がニヤリと笑ったのが見えた。

（このままじゃ、ジークヴァルドが）

頭が真っ白になった瞬間、ぶわっとレイニーを中心に風が起きる。

「……え？」

「なんで雨が、あそこにだけ？」

刹那、何故か蒼天の下、戦う男達の上にだけ小さな雨雲ができて、土砂降りの雨が降っていた。雨にも動じず、獰猛に笑ったジークヴァルドは、気づいていたかのように男のナイフを持った手を握り、捻り上げてナイフをたたき落とす。そしてジークヴァルドは冷静にそのナイフを蹴って遠ざけた。

レイニーは遠くに飛んでいくナイフを見ながら、クタクタと力が抜けて膝から崩れ、ほうっと安堵の息が漏れた。それと同時に雨が小雨になり、その雨は降り出した時と同じように突然止んだ。

好天なのに一瞬だけ雨が降ったせいで、あたりには虹ができている。

「なんだったんだ、今の雨は？」

「まさか……レイニー嬢が降らせたのか？」

「なんで……あの二人の上でだけ……」

「あの雨で……ウィルヘルム辺境伯を守りたかったのか？」

観覧していた貴族達から動揺するようなざわめきが広がっていく。

「二つ目よ」

レイニーの耳元に囁くと、喧噪の中で良く通る声を上げたのはイブリンだ。

「国王陛下、申し上げたいことがございます」

社交界の花である彼女の声に、人々は一瞬にして鎮まりかえる。

「そのハッサムという傭兵は、王都で禁止されている麻痺毒を使用しようとしていました！　しかもその毒を、カスラーダ侯爵が男に渡したのです！」

イブリンは朗々と声を上げハッサムを指差す。その様子にレイニーは目を丸くする。侯爵が一瞬焦っ

たような顔をしてイブリンを睨みつけた。

だがジークヴァルドはそうした騒動の中でも、何よりもそれが一番大事だ、という顔で冷静に男の喉元に剣を突きつけたまま尋ねる。

「ところで……お前は降参するか？」

その言葉に男は目を見開いて、それからハッと息を吐き捨てた。

「ああ、降参する。……辺境伯は本当に強かった。……ただ俺が毒を使ったなんて証拠なんてない。まああったとしても、今のこの土砂降りの雨で全部流れただろうが……」

悪事の露呈を免れたとばかりに落ち着いてニヤリと笑う男を見て、ジークヴァルドは肩を竦めた。

観客の興味は、イブリンの発言から今度は闘技場で戦った二人に注目が移っている。

その中でジークヴァルドは冷静に話を続けた。

「毒を扱う者は、必ず解毒剤を持っているはずだ。陛下、王宮騎士団に命じてこの男の所持品を確認願います。ハッサム、お前は……早いところ侯爵に指示されたことを騎士団に吐いたらいい。お前のような実力のある傭兵が陰謀に巻き込まれて処分されるのは惜しいからな」

ハッサムはジークヴァルドの言葉に、ぎょっとした後、続いた言葉にハッとしたような顔をする。

王宮騎士団員達は慌ててハッサムの元に向かった。同時に侯爵の元にも騎士団が向かう。

「なんで私を拘束するんだ。私は関係ない。勝てればいい、手段はこの傭兵に任せると言ったんだ！」

「あぁん？　あの毒はアンタが用意したものだろうが。アンタが俺に罪を被（かぶ）せる気なら、全部騎士団の奴等に洗いざらい吐いてやる！　証拠もあるんだからな」

　ぎゃあぎゃあと騒いでいる二人が退場するのを見届けながら、観衆達は侯爵のその後を想像していろいろと噂をしているようだ。

「もし……本当にカスラーダ侯爵が仕組んだんだとしたら、国王陛下が立ち会いをした、神聖な決闘の儀式を穢したことになるな……」

「あぁ、しかもウィルヘルム辺境伯殺害を、禁制の毒物で謀ろうとしていたのなら……」

　貴族達は一様に首を横に振って、恐ろしげに眉を顰めた。

　そうして侯爵とその代理人が退場し、再び国王が立ち上がると、全員がその一挙手一投足に注目するように、噂話を止めた。あたりはしんと痛いほどの静謐に包まれる。

「……勝者はウィルヘルム辺境伯だ。其方は『強奪婚』の権利を履行するがいい」

　その言葉にホッとしたように笑みを浮かべたジークヴァルドは、闘技場の観客席で事態を見守っていたレイニーの方に近寄ってきて、まっすぐに手を差し伸べる。

「レイニー、貴女はあのハッサムという男の刃物の毒を洗い流すために、雨を降らせてくれたのだろう？　……今も変わらず、俺を、愛しているか？」

　その言葉に弾かれたようにレイニーは走り出す。愛おしい夫の元に、一刻も早く近づきたい。その腕に抱きしめられたい。その一心で、彼女は差し伸べた手に向かって柵を跳び越える。

「はい。ヴァル、貴方を愛しています！」

ふわりと体が宙に舞うが、次の瞬間、その体は闘技場に立つ愛おしい夫の胸にしっかりと抱きとめられていた。

「ようやく……愛する貴女を取り戻せた」

深い森の匂いをまとった夫の腕の中で、レイニーは胸いっぱい息を吸う。彼の頬に自らのそれをすり寄せて、二度と離されたくないと、その太くて逞しい首にしっかりと腕を絡ませる。満足げな笑みを浮かべた夫の唇がレイニーのそれに重なると、一斉に祝福の歓声が上がった。

「んん、んんんんっ」

そのまま深いキスをされそうになって、彼の肩をぺしぺしと叩くと、彼はふっと笑ってレイニーの鼻先にキスを落とした。

「レイニー、俺も貴女を愛している。貴女を取り戻したくて必死だったから、今日は負ける気がしなかった」

そうして、短い時間で互いの存在を確認し合った後、ジークヴァルドは彼女を抱き上げたまま、国王に向かって声を上げた。

「陛下、私達の結婚式は既にウィルヘルムで執り行われております。今すぐ結婚誓約書を処理していただいて、貴族録に私達の結婚を記載してください」

その言葉に、国王は楽しげに笑い、頷いた。

「ああ、其方だけのために雨を降らせる、聖力持ちの夫人を怒らせないためにも、そうした方が良さそうだな」

その言葉に同意するようにあちこちから拍手が沸き起こる。そしてようやく国王からも結婚を認められたレイニーとジークヴァルドは、たくさんの祝いの言葉に送られて会場を後にしたのだった。

第十章　レイニーの幸せな結婚生活

「レイニー様！」

ジークヴァルドに連れられ辺境伯のタウンハウスに帰ると、出迎えてくれたのはヤスミンだった。

「ヤスミン、ごめんなさい……私のせいで、あんな辛い目に遭わせてしまって」

顔を見た途端、思わず彼女に向かって謝罪の言葉を述べていた。ヤスミンは相変わらず痩せていたものの、以前通りの快活な様子でレイニーに向けて言う。

「私こそ、本当に申し訳ございません。レイニー様が私のためにいろいろ無理をされているのに、私は何もお返しすることができなくて……」

そっとレイニーの手を握り、その手を額に押しつけると、真摯な眼差し(まなざ)でヤスミンは誓う。

「レイニー様は望まない行動を取ってまで、私を助けようとしてくれたこと、よくわかっています。お陰でこうして生きていられます。肩も……すごく良くなったんです。ジークヴァルド様がウィルヘルムからお医者様を連れて来てくださって、先生がちゃんと療養したら元通り動かせるって」

「あぁ、うちの医者は地域柄、荒事の治療に慣れているからな。心配しないでいい」

ぽんと夫に軽く頭を撫でられて、レイニーはほうっと息をついた。

「さて、ヤスミンの顔を見たら安心したか？」

ジークヴァルドの言葉にレイニーはようやく心からの笑顔を見せることができた。

「はい、ヴァル、全部……ありがとうございます」

そう答えた瞬間、ジークヴァルドはレイニーの前で腰を屈め、ふわりと彼女を抱き上げた。

「えっ……あの？」

「もういいだろう？　二ヶ月と、十九日も貴女の帰りを、待ったんだ」

ジークヴァルドはレイニーの額にキスを落としてそう囁く。レイニーはその日付が、彼と離れていた時間を示していたことに気づく。永遠に続いたかと思うほど、長く感じていたのに……。

「愛おしい妻から離れて、俺がどれだけ寂しいと思っていたかわかってくれるか？」

彼は彼女を抱き上げたまま、そのままずんずんと大股で一歩一歩進んでいく。階段を上がり、ますます早足になり廊下を上った。

「ジークヴァルド様、いかがいたしましょうか」

そっと近づいて来て、そう尋ねるのは侍従らしい初老の男性だ。

「アルバート、まずは風呂の準備だ。後でベルを鳴らしたら軽食を。それ以外は……たとえ陛下の呼び出しでも、寝室には誰も近寄らせないでくれ」

寝室、の言葉にレイニーは薄く目を見開く。それでは帰宅後そのままベッドに籠もると宣言しているようではないか。ちょっと焦って自分を抱いたまま歩いているジークヴァルドの顔を見上げる。

（でも、こうしてヴァルに抱き上げてもらっていると……）

触れている場所からじわじわと温かな愛情や、彼の強い想いが伝わってくるようだ。

帰宅後すぐにベッドに向かうだなんてと思いながらも、その横顔を見ているだけでなんだかとても幸せな気持ちになってしまって、結局何も言えなくなってしまった。

先回りした侍従が奥の部屋の扉を押さえているので、ジークヴァルドはそのままレイニーを抱いて当主のための寝室に足を踏み入れる。

「それではごゆっくりお休みください」

（お休みくださいって！）

まだ外は夕方にもならない時間だ。そんな明るい時間に寝るわけがない。それなのに妻を抱き上げたまま寝室に籠もるなんてどういうことか、きっと周りの人もわかってしまうに違いない。ドキドキと焦りとでじわっと体温が上がってくる。だがそんなレイニーに気づいていないのか、彼はそのままレイニーをベッドのある奥の寝室に連れて行った。そっとベッドに彼女をおろすと、腰をかけて彼女の靴を脱がせ始めた。自分に触れたいという彼の欲求に逆らえないままでいたレイニーだが……。

「あっ……いやっ」

ジークヴァルドはレイニーの靴を脱がせると、靴下を履いたままの爪先にキスをする。

「ダメ、汚いのにっ」

思わず声を上げるけれど、彼は平然とした顔で笑う。

「どこが？　俺のレイニーには汚いところなんて、一つもないが」

爪先に唇を寄せたまま、チラリと上目使いで見つめられて、彼の視線の熱っぽさにドキリとしてしまう。いつも穏やかな緑色の瞳は、今日はなんだか獰猛で鋭い。

(そうか、ヴァルはついさっきまで命がけで戦っていたんだ)

闘技場で彼に抱きしめられた瞬間、嬉しすぎて頭すらろくに働いていなかったらしい。改めて何かが少しでもずれていたら、彼は今こうしてなかったのかもしれないと気づくと、今更最悪の想像に背筋にぞわりと戦慄が走り抜ける。

「ヴァル！」

そう思った途端、身を起こして半裸のまま彼に抱きついていた。ジークヴァルドは一瞬驚いたような顔をしていたが、そっと彼女を優しく抱き返してくる。安堵させるように背中を撫でる指が優しい。

「本当に……本当に貴方が無事で良かった……」

彼のベッドで彼の匂いに包まれた途端、一気に安堵が押し寄せてくる。大きな体をぎゅうっと抱き締めて、何度も彼の胸に頬を擦り寄せた。

「もう……二度と貴方に会えないんじゃないかって、そんな風に思っていた……。ごめんなさい。私があんな手紙まで書いてしまったから……」

ヤスミンの身の安全と引き換えに、レイニーは彼との結婚を破棄する手紙を書かされたのだ。

(あんな手紙を受け取って、ヴァルはどんな気持ちになったんだろう)

侯爵は周到だった。ヤスミンを人質に取り、看病を終えたレイニーが王都で楽しく過ごしているという印象を他の人々に植え付けた。婚約破棄を申し出てもおかしくないという状況を整えた上で、その上であの手紙を送らせたのだ。

（もし、あの状況で、あんな冷たい手紙をもらったら……）

きっとウィルヘルムにいて、レイニーの様子がわからなかったジークヴァルドは、あの手紙がレイニーの本心だと信じてしまったかもしれない。もしその立場に自分がいたら……。

想像しただけでどれだけ苦しく悲しいことだったのか、と気づいてしまった。

「ごめんなさい。あの手紙がどれだけ残酷なものだったか……」

手を伸ばしてそっと彼の頬に触れた。すると彼は切なげに笑った。

「あぁ、一瞬本当のことなんだと、信じてしまいそうになった。ウィルヘルムは寒くて南部の生活とも、王都での生活とも、何もかもがまったく違っていただろうから……」

その笑みを見ただけでレイニーはぐっと切ない思いが込み上げてくる。彼の首に腕を巻き付けて彼の耳元に囁く。

「私、王都ではヴァルのところに帰りたい。愛する貴方のところに戻りたいってずっと願っていました」

彼女の言葉に、ジークヴァルドは目を細めて微笑んだ。

「あぁ、知っている。貴女がどれだけそう願っていたか……」

レイニーは彼の微笑みを見ているうちに、胸の中に愛おしさが募って、どうして良いのかわからなくなる。だから膝をついて自ら唇を寄せて、夫にキスをした。

「愛しています。ヴァル」

驚いたように目を見開いたジークヴァルドが愛おしい。言葉だけでは足りない気がして、何度も唇を寄せた。

（私の想いが、少しでもヴァルに伝わって欲しい）

「こんなにも……愛しています」

これ以上どうやって気持ちを伝えたら良いのかわからない。でもきっとベッドに自分を連れて行った彼は、レイニーを求めてくれているのだとそう思った。だから彼の手を握りしめ、そっと彼の手を自らの左胸に触れさせる。

「私の想いが、手のひらを通じて貴方に伝わったらいいのに……」

じっと彼の目を見ると、彼は眉を下げて少しだけ困った顔をする。

「レイニー、それは俺を煽っているのか？」

その言葉になんて答えて良いのかわからず、小さく頷いた。

「私……あんな手紙を送ってしまったのに、迎えに来てくれて、本当に嬉しかったんです」

じんわりと彼の愛を感じて幸せに浸っていると彼女の心を包み込むようにジークヴァルドは囁く。

「貴女は俺の大切な人だから、何があっても取り戻すつもりだった」

骨が軋みそうなほど強く抱きしめられて、心が歓喜で溢れてくる。涙がほろほろと零れる。彼と共にいられることがこんなにも嬉しい。ジークヴァルドは彼女の涙を吸い、いくつもキスを落とす。

「あぁ、泣いている貴女に本当に申し訳ないんだが……」

じっと見つめて彼は熱に浮かされたように囁く。

「……レイニーが欲しくてたまらない」

そう言うと彼はレイニーを抱き上げて、自分の太ももに彼女を跨がらせて座らせた。それから彼女の腰を抱くと、レイニーの首筋に食らい付くように唇を寄せて吸いつく。チリッという痛みは、彼が自分を望んでいる証しだ。

「……私も、ヴァルが欲しいです」

淑女教育の先生には絶対はしたないと怒られるだろう。けれど本当の気持ちを彼に伝えたい。レイニーは彼にぴったりと下半身を寄せながら、彼の首筋を撫でてシャツのボタンを外した。それをきっかけにしたように、ジークヴァルドはレイニーのドレスの後ろのボタンを、レイニーは彼のシャツのボタンを開けていく。あっという間にお互い半裸の状態になってしまった。スカートはレイニーの腰のあたりに留まっている。

「レイニー、貴女は本当に最高だ」

嬉しそうに笑った彼がコルセットを脱がせると、レイニーは彼のうなじに手を沿わせた。彼が首筋から唇を這わせる感触に、ゾクゾクと愉悦が高まる。

「あぁ、気持ちいいの……」

躊躇うことなく、快感を得ていることを伝えていた。

「ヴァルの唇が、触れているのが気持ちいいの」

「あぁ、俺も最高に気持ちいい。……こっちもな」

ゆらりと彼が腰を揺すり上げると、既に屹立した彼のモノが苦しそうに服を押し上げていることに気づく。レイニーは彼の太ももから体をずらすと、ドレスを脱ぎ捨てて、彼の穿いていたズボンを緩める。彼女が何をしようとしているのか理解した彼は、腰を上げてレイニーのしたいように体を動かしてくれた。

下穿きまで脱がすとレイニーは彼のそそり立ったモノをそっと手で包み込んだ。

「ん……っ、レイニー、何を」

焦る彼の目の前でゆっくりとそれに触れた。上の部分の張り出しが立派で、パッッと張り詰めたそれは思った以上に滑らかだった。そして幹の部分は浅黒く、血管が浮き出てゴツゴツとしていた。

ゴクリとレイニーは唾を飲む。改めて見ても、夫のその部分はとても立派で、自分が受け入れられるのが不思議なくらいだ。けれど……。

(あぁ、私、こんなに欲しがられていたんだ……)

じわりと自分が潤ってくる感覚がわかる。愛に触れて満たされたいと体が望んでいるのだ。

「今日は、私がしてあげたいんです。ダメですか?」

彼のモノを両手で包み込み、上目使いで見上げると、彼がビクッと震えた。手の中で彼がますます大きくなる。

「……両手で包んでゆっくりと上下に動かして欲しい」

唾を飲んだ彼が掠れた声で言う。その通りに動かすと、彼はたまらないように吐息を漏らした。

「あぁ……上手だ。それに……その光景が……たまらんっ」

彼はレイニーの腰に手を回し、抱きかかえるとあっという間に下着を剥いでしまった。そのまま自分の膝のあたりに座らせると、手を伸ばしレイニーの背中からお尻までを大きな手のひらで撫でた。

「あぁ……ん」

背中からじっくりとお尻まで撫でられると、気持ちよくて声が漏れた。なんだか少し負けたような気持ちになって手の中で硬くなった彼の先に、透明な雫が盛り上がっているのを見て、思わず舌を伸ばしてしまった。

「ぐっ……」

彼が何かを潰したような声を上げる。ハッと顔を上げると、トロンと溶けたような目でレイニーを見つめていて、愛おしげに頬を撫でられた。

「そんなモノ、口にしなくていいんだぞ」

言いながらも唇の端は緩んでいるし、快感に溶けた顔をしていて、その様子にゾクリと背筋に歓喜が走る。

（もっと……悦ばせたい）

ジークヴァルドが自分を悦ばせてくれるみたいに、レイニーも彼を夢中にさせたい。気づくと口いっぱいに彼のモノを頬張っていた。うぐっと彼が呻いて熱っぽい吐息を吐き出す。雄っぽい匂いと彼の匂いに包まれて、クラクラする。

「あぁ、上手だ」

それでも歯が当たらないように注意しながら隙間で舌を這わせ、ゆっくりと先ほどの手の代わりに上下に動かすと、彼の吐息が官能の色を深める。

（ヴァル、口でされて、すごく感じているんだ……）

チラリと視線を上げると、彼が恍惚とした表情をしている。なんだか自分までゾクゾクとしてきて、彼が欲しいと下の蜜口までハクハクと収縮してきた。

「あぁ、レイニー。なんで貴女まで感じているんだ？」

表情で読み取られたのか、彼が手を伸ばし、レイニーの背中から彼を咥えるために自然と持ち上がったお尻までを何度も撫でる。触れるか触れないかぐらいのところで、ゆっくりと撫でられていると、そのあたりから肌が敏感になってお腹の奥が切なく疼く。

彼を咥えたまま、彼の愛撫に熱っぽい吐息を漏らしていると、彼は手のひらで彼女のお尻を引き寄せるようにして軽く持ち上げ、レイニーの感じやすい中の部分に指を滑らす。

ジークヴァルドはお尻側から撫でていき、レイニーの溶けた蜜口に、つぷりと太い指を浅く突き立てた。

「あぁんっ……」

気持ちよすぎて、レイニーはお尻をビクンと震わせて、彼から口を離し大きく喘いだ。

「あぁ、俺の妻は感じやすくて最高だ」

攻めに転じて少し余裕が出てきた彼は、お尻を片方の手で支えつつ、指をゆっくりとレイニーの中に突き立てる。じゅぷ、という淫らな音を立てて、彼の節くれだった指が中に入っていく。

「あぁぁっ……きもち……いの」

突き立てた指をゆっくりと動かされ、中の感じやすい部分が彼の硬い指に擦られ、快感が体の中で昂っていく。ぐちゅ、ぬぷ、と淫らな音を立ててたっぷりと濡れたレイニーの中を、ジークヴァルドの指が堪能する。

「あぁ、レイニーのここは、触っているだけで気持ちよくなるな。きゅうきゅうと締め付けて、俺の指にとても感じていることを教えてくれる」

彼はお尻に回していた手をレイニーの前に回して、足の付け根を手のひらで支えながら指を前の部分に伸ばし、今度は感じやすい蕾(つぼみ)を指先で掘り起こすように揺らした。前と後ろからの責めに、レイニーは喘ぎを押さえられない。

「あぁ、ダメっ……そこっ……中と、一緒にしちゃっ」

口ではダメと言いながら、まるでそこが彼の指で支配されてしまったみたいな快楽に溺れていく。

愉悦を体を弓形にしてなんとか耐えようとする。だがレイニーを愛することに長けたジークヴァルドは彼女の様子を見て、ますます繊細な動きを加え、彼女を官能に追い込んでいった。

「ひぁ、ダメ。また……キちゃう、ぁあ、はぁあっ……あぁっ」

追い込まれたレイニーは大きな彼の手のひらの中で、呆気なく絶頂に達して、獣のように這ったまま、彼の思い通り体を震わせて啼く。

「レイニーは本当に愛おしいな」

そう言うと彼女のお尻と腋の下に手を入れて、グイと抱き上げると、ジークヴァルドは再び自分の腿の上にレイニーを跨がらせた。先ほどまで自分が口に含んでいたからだろう。ぬらぬらと光る彼の屹立するものは先ほどより硬く反り返り、切っ先にはますます透明な雫が溢れている。それを見ただけで、彼が濡れそぼつほど自分を欲しがっているのだとわかってしまった。

レイニーは本能に突き動かされるように彼に触れる。そしてジークヴァルドを快楽に潤んだ目でひたと見つめた。

「お願いします。……ヴァルを、私にください」

いつもにもまして積極的なレイニーの様子に彼はぐぅっと唸る。レイニーはこんな状態になっても、無体な行動を取ろうとしない夫の優しさにますます愛おしさが募った。

「だって……ヴァルが大好きだから……貴方がいるんだって、実感したいんです」

冷たく遠ざける手紙を送ってしまった後悔の分、レイニーの本当の気持ちを夫に伝えたい。不安だったであろう夫に、彼女の本当の気持ちを信じて欲しい。

（恥ずかしいけれど……何よりも大切なことだから）

膝で立つと、もう一度彼の頬を撫でて唇を寄せる。唇が触れた途端、彼はレイニーの小さな唇を食べてしまうほど唇を大きく開けて、熱を帯びた舌を彼女の小さな口の中にねじ込む。呼吸が止まるほど激しく舌を吸い上げられて、ハッと気づくと、体勢を入れ替えられてベッドに押し倒されていた。

「本当に……俺を煽ったらどうなるか、わかってないんだろう？」

彼が低く吠えるように声を上げると、次の瞬間、レイニーは両足を抱え上げられて、硬くて熱い彼を押しつけられる。全身の毛穴から歓喜が噴き出す。

「あぁあぁぁぁぁあっ」

熱くて硬い鉄杭のようなモノに一気に貫かれ、目の前にバチバチと火花が散った。奥の奥まで熱の固まりに満たされ、全身の体温が一気に高くなる。レイニーは快感に悲鳴のような喘ぎを上げていた。

「あぁっ……は、あぁっ……。んっ、もっと、いっぱいっ」

思わず淫らなおねだりをしながら、彼の臀部を手のひらで包み、もっと深く欲しいと言うように強く引き寄せる。レイニーの中は彼のモノでみちみちになった。

「い、の……ヴァル、すごく……きもち……いい」

彼で満たされる感覚がたまらなく気持ちいい。頭が真っ白になって、今までの不安が彼の存在感で溶かされていく。今、レイニーの体を支配しているのは夫がもたらす幸福感だけだ。

「ハッ……レイニー、たまらない……な」

彼は低く唸るとそのままレイニーを貪ることに夢中になった。彼の腰に触れていると、その逞しく引き締まった彼の臀部がレイニーを求めて撓る。彼女を穿つたび、逞しいその筋肉が硬く張り詰めることにドキドキしてしまう。ガツガツと全身が揺さぶられるほど深く貫かれて、一瞬で絶頂に達する。

「あ、あぁあっ、そ……ダメっ」

絶頂の間も緩めることなく深く愛されて、途切れることのない激しい抽送にベッドは軋み、レイニーの体は彼の腕の中で嵐に浮かぶ小舟のように揺らされる。

「や、ダメ……おかしく、なるっ」

いくつも体の中から悦楽の泡沫が浮いてきて、はじけ飛ぶ。

「……ちゃうの、……イ、ちゃっ……」

容赦のない激しい攻めと立て続けの愉悦に、レイニーはあっさりと意識を飛ばした。

「……すまない。また……貴女に無体なことをしてしまった」

ゆっくり目を開けると、彼の腕の中だった。彼女のそんな様子を見て彼は申し訳なさそうに謝る。

「いえ……私の……体力がないから……」

と声を上げたつもりが、喘ぎすぎたせいで掠れ声しか出なくて、ジークヴァルドは更に焦ったように彼女を抱き起こす。

「すまない。今すぐ医者に……」

そのまま全裸で抱き上げて走り出しそうで、思わず笑ってしまった。ちゅっと鼻先にキスをすると、彼は動きを止めて、レイニーの様子を窺うように上目使いで見つめる。レイニーは咳払いをして、声を出せるように調整する。

「大丈夫、です。……声を上げ過ぎただけですから」

王都に発ってからずっとジークヴァルドと離されていたせいで、満たされていなかった胸の中が今は温かく満たされている。

「私、嬉しかったんです」

彼がくれた愛を、もっと大きくして彼や彼の大切な人に返そう。そんな気持ちで心配性の夫の頬を撫でる。自分の一挙手一投足にこんなに乱されてしまう、自分の夫はなんて愛おしい人なのだろう。

「ヴァルに抱いてもらえて、嬉しかった。あんな手紙を送ってしまったから、もうこんな風になれることはないって……思っていたから」

嬉しくて嬉しくて、思わず眉を下げて笑みを浮かべると、彼が何故かぐぅぅぅっと低いうなり声を上げた。

「レイニー、それが……いけないんだ。いや、いけなくはないが……」

彼の言葉に首を傾げると、彼はレイニーをぎゅっと抱きしめて耳元で囁く。

「貴女がそんなに可愛いから、またすぐに欲しくなる……」

レイニーは彼の顔を見て、ハッと気づいた。先ほど激しすぎる交わりで、あっという間に一人だけ何度も達して意識を落としてしまったけれど……。

（きっとヴァルは、まだ……）

チラリと視線を向けると、彼は耳まで真っ赤にして視線を逸らした。けれど彼の欲望の象徴は彼の理性と反して、しっかりとそそり立ったままだ。

「……私だけが気持ちよくなってしまったんじゃ、ダメです」

そっとその唇にキスをする。

「ヴァルも、私に満足してもらわないと」

そう言うと彼は困ったように首を傾げる。

「……あんなことした後なのに……いいのか？」

大きな体を縮こませて、彼は尋ねてくるから、レイニーは世界で一番大好きな人をなんとしてでも満たしてあげたいと思う。

「はい。ただゆっくりと、抱いてくださったら……」

彼女の言葉に、ジークヴァルドは緑色の瞳を嬉しそうに細めて笑う。

「あぁ、もちろん……ゆっくりと、優しく抱こう」

そっと彼女をベッドに横たえると、彼は誓うようにレイニーに口づける。

「愛してる。ずっと大事に抱くから……一生、俺を受け入れてくれ」

その言葉にレイニーは微笑んで抱きしめる。

「はい、ヴァル。私も愛しています」

華やかな花々の香りと、心地良い森の香り。レイニーにとって、幸せでいっぱいな香りに包まれると、自然と胸の中が熱くなって、レイニーの胸は夫からの深い愛情に満たされていく。心が愛で満たされている。

そっと彼の手を取り、誘うように口づけると、彼は照れたように笑う。

「本当に……無理はしなくていいからな」

そっと抱き上げられて、膝の上に乗せられた。彼の目を見て頷くと彼は自らを彼女に宛がい、ゆっくりと侵入してくる。気遣うように彼女の体を支え、ゆっくりとおろしていくから、レイニーは彼の逞しい首に抱き着いて、彼の耳元で、ほうと甘い吐息を漏らす。

「あぁ、レイニーは本当に……最高だ」

彼の言葉にじわっと熱を頬に感じながら、顔を上げて彼の顔を真正面から見つめる。緑色の瞳は情欲で熱を帯びているものの、同時に愛おしさを伝えるような優しさが滲み出ている。

「ヴァルも……最高です。愛してます。……ずっと」

そっと唇を寄せると、彼は細めた目のまま唇をあわせる。そっと触れて緩く開いた唇から舌が差し入れられる。緩やかにレイニーの口内を舌先がくすぐり、まるでダンスを踊っているかのようにゆったりと体を揺らされる。

（無理をさせないように……してくれているんだ）

その優しさに何故かじわりと官能が高まる。愛おしくて、大好きでたまらないから、心も体も満たされていく。

「ヴァル、大好きです」

「ああ、俺も……レイニーが好きだ。愛おしすぎて、おかしくなりそうだ」

言葉は苛烈なのに、彼の動きは穏やかで一定のリズムを刻む。物足りなくて苦しいほどなのに、心が満ちていて幸せだ。

「あぁ、気持ちいい……」

蜜に浸されたような甘い闇の中で、レイニーは呼吸を乱すことなく、ゆっくりと達していく。

「レイニーが気持ちよさそうだから、俺も……達しそうだ」

切なげな夫の声に胸が震える。

「何度でも……私の中に注いでください」

切なげな吐息交じりに囁くと、彼はそっとレイニーにキスをし、彼女をベッドに横たえる。

「……本当に貴女は俺を煽るのが上手だ」

レイニーの両方の手の指に、自らの指を絡めながら、ジークヴァルドは切ない吐息を漏らし、緩やかにレイニーを穿つ。穏やかな中で高まり続けていた官能に火が灯ると、あっという間に二人に果てが来る。

激しく動いていないのに、ジークヴァルドは玉のような汗を額にかいていた。それだけレイニーのために抑制して、壊れ物を愛でるように彼女を愛しているからだろう。それがわかるとレイニーの胸はますます熱くなる。

「本当に……幸せなの……」

「あぁ、俺も……幸せだ」

心も体も彼の愛に満たされている。紫色と緑色の瞳が視線を絡ませて、同時に二人の目が細められた。

「ありがとう、レイニー」

そう囁くと夫は小さくキスをして、彼女をぎゅっと抱きしめた。

愛おしい夫を抱きしめ返すレイニーの胸の中には、神への感謝と愛おしい者達への思いで満たされていた。

だからレイニーは。

――いつだって、雨が降らせられると、そう確信できた。

＊＊＊

ベッドで散々睦み合い、ようやく二人が起き上がったのは、深夜近くになってからだ。軽く湯浴みを終えると、ベッドに軽食を持ってきてもらう。

ジークヴァルドが食べることを想定して用意されていたらしく、軽食だけれど量は大量に用意されていた。目の前でジークヴァルドが健啖ぶりを発揮しているのを見て、このところ食欲のなかったレイニーまで、なつかしいウィルヘルム風の食事を美味しく食べることができた。

「ふふっ。美味しいですね」

レイニーが思わずそう言うと、ジークヴァルドはそっとレイニーの頬を撫でて眉を下げた。

「貴女は少し痩せたみたいだ。好きなものを何でも用意するから、しっかり食べて欲しい」

そんな彼の思いやりに包まれて、向かい合って二人で食事をとっていると、なんだかこの世界に怖いものなんて一つもないように思えた。

「……ヤスミンにあんなことするなんて、カスラーダ侯爵のこと、絶対に許せないです……」

食事を終えて、お茶を二人で飲みながら、レイニーはようやく心の奥でずっと思っていたことを言葉にできた。先ほどのヤスミンを思い出す。まだ頬が痩けていて、腕を自由に動かせないほどの後遺症を負っていた様子に再び怒りがこみあげてくる。

「ああ、それは俺も、ウィルヘルムの皆も一緒だ。カスラーダ侯爵にはそれなりの罰を受けてもらわないとな……」

ジークヴァルドがレイニーの言葉に頷く。

「そういえば闘技場でレイニーの隣にいたのは、カスラーダ侯爵の養女のうちの一人か？　彼女の声で、侯爵があの場で捕らえられたのは正直助かった。逃せば、即証拠隠滅されただろうからな」

ジークヴァルドの言葉に、イブリンの言っていた『恩を売るから、何かしら地位でもお金でも返してね』と言っていた言葉を思い出す。

「ヴァル、実は……」

その話を伝えると、彼は面白そうに笑い、手早くイブリンに手紙を書き始めた。

＊＊＊

それから一週間後、まだ王都にいたレイニー達は貴族院にいた。

「それではこれより、カスラーダ侯爵の裁判を行う」

いつも傲慢だったカスラーダ侯爵は、青い顔をして被告人席に立つ。レイニーはジークヴァルドと共に傍聴席の一番前に立ち、その様子を見つめていた。国王の前で行われた御前決闘だったこともあり、国王まで特別席に座っている。

「カスラーダ侯爵は、過日ウィルヘルム辺境伯から請求された『強奪婚』の決闘の場において、代理人ハッサム・ガリムに禁制の麻痺毒を塗ったナイフと剣を使うように指示し、ウィルヘルム辺境伯殺害を企てた罪に問われている」

裁判官の言葉に、周りは一斉に騒めく。

「私はウィルヘルム辺境伯の殺害など、断じて企んではいない」

否定する侯爵に対して、いくつもの証言が伝えられる。

「ハッサム・ガリム本人は、既に侯爵から麻痺毒を使うように、家族を人質にされて指示されたと申し出ている。あの麻痺毒は口すら動かせなくなるらしいな。降参の声が上げられない状態の辺境伯を討ち取れと命じられたと証言している」

その言葉に貴族達は顔をザッと青くして言葉さえ失う。レイニーがぐっと息を詰めると、安心させるようにジークヴァルドは彼女の手をそっと握った。

「金で戦場を渡り歩く傭兵と、この国の貴族である私と、どちらを信じるのですか！」

咄嗟に侯爵が声を荒らげると、騎士達が両側から押さえ込む。裁判官はそれを見て呆れたように吐息を吐き、言葉を続けた。

「証拠はそれだけではない。其方の身内からも証言が得られた。証言者、前へ」

その声に、会場に現れたのはカスラーダ侯爵の養女で、社交界の花イブリン・カスラーダだ。その顔を見た途端、侯爵が馬鹿にしたような表情をしたのを見て、レイニーは目の前の男が何も悔い改めてはいないことを確信する。

「私は侯爵が、レイニー夫人が『慈雨の乙女』としての能力を発揮したことで、ウィルヘルム辺境伯に嫁がせたのを後悔し、それを取り戻そうとしていた証拠を提出いたしました」

彼女がそう言うと、彼女の横にいた貴族院の職員がその書状などを裁判官に提出する。

「お前、余計なことを言えばどうなるか……」

侯爵の堪えきれなかった声が、静かな裁判所の中に響く。だが彼女は美しく口角を上げて微笑む。

「私は自分自身が傷つけられるのが怖くて、ずっとカスラーダ侯爵に逆らえませんでした。ですがレイニー夫人を守るために身を挺した、夫人の侍女であるヤスミン嬢の姿を見て、そしてそんな献身的な侍女が、この男に命じられた騎士によって理不尽に暴力を振るわれたのを見て、このままではいけないと……そう思ったのです」

その言葉に、貴族達は一様に眉を顰め侮蔑の表情を侯爵に向けた。

「ウィルヘルム辺境伯夫人の侍女に暴力を振るうとは……」

「紳士の片隅にも置けない人間だな」

「そもそもあの男は強欲で……」

権力を奪われそうになった途端、侯爵に好意的な顔をしていた貴族達は、一斉にカスラーダ侯爵に対して冷たい態度を取る。

(これも……今までの侯爵のやってきたことの報いだわ……)

レイニーはそう思いながら、冷たい視線を養父に向けた。

「そもそも、今回の事件での侯爵の目的は、『慈雨の乙女』であるレイニー夫人を、私欲のために利用すること。それからもう一つは、ウィルヘルムの特産であるウィルライトの販売権を手に入れる交渉を自分達の有利に進めるために、ウィルヘルムに損害を負わせることでした。……そして『ジークヴァルド・ウィルヘルムがこの世からいなくなればもっと都合が良い』とまで言っておりました」

「そんなこと……なんの証拠がある！」

侯爵はそれでもまだ証拠は不十分だと言わんばかりに、嘲笑を浮かべてみせた。

「では、第二の証人、前へ」

その声と共にイブリンの隣に立ったのは、ランドルフだ。

「私は、ウィルヘルム辺境騎士団副団長を拝命しております。私が証言いたしますのは、レイニー夫人が最初ウィルヘルムに嫁がれた際、領境で襲われた件についてです」

半年以上前の話をされて、レイニーは咄嗟にジークヴァルドを見上げる。すると彼は厳しい表情のまま頷いた。

「婚姻のためにウィルヘルムに向かったレイニー様を、ウィルヘルムの領地に入った時点で殺害せよ、と侯爵が命じていた書類をつい先日手に入れました。盗賊のふりをして冬の間、山に潜んでいたカスラーダの騎士達が持っていたのです。それがこちらです」

ランドルフが見せつけた書類に、貴族達は驚きの声を上げる。そこに書かれていたのは、間違いなくカスラーダ侯爵の署名だった。

「確認したらすぐに……燃やせと言ったのに……」

思わずと言った様子で呟いた侯爵に、ランドルフは笑って答えた。

「……侯爵が信用できないので、証拠として残したそうですよ。つまりすべては貴方の人望のなさ故ですね」

その言葉に、がくりと侯爵は膝を折る。

「国王陛下、信じてください。私がそのようなことをするわけがないじゃないですか！」

咄嗟に国王に向かって声を上げるが、国王はそんな侯爵を見て、深々とため息をついた。

「カスラーダ侯爵にはほとほと失望した。後は貴族法に合わせて処分するがいい」

それだけ言うと国王は興味を失ったとばかりに席を立ったのだった。

＊＊＊

その後、カスラーダ侯爵は貴族位を剥奪（はくだつ）され、ウィルヘルム辺境伯の殺害を企んだ罪で処刑された。

そしてカスラーダの豊かな土地の北の一部は賠償として、ウィルヘルムに割譲された。

一方カスラーダ侯爵を追い遣（おや）る手助けをしたイブリンは、彼女の持つ社交界での人脈を買ったジークヴァルドによって、辺境伯の王都の屋敷に住みウィルライトの販売管理の一端を担うことを認められた。

「まあ俺達は王都には住みたくはないし、王都と社交界が大好きな人間が面倒事を担ってくれるのであれば任せておく方がいい」

ジークヴァルドはそう笑う。ドリスを始め、ほとんどのカスラーダ侯爵家の養子達が貴族位を失った中、ウィルヘルム家門の子爵家の養女となったことで、貴族位を維持できたイブリンは、ジークヴァルドの出してきた条件に喜んで飛びついた。

（意地悪な養子達にはさんざん苦しめられたけれど、イブリンだけはそれに参加したことはなかったし、何よりヴァルの命を救ってくれたから。彼女も貴族でいるためには、ウィルヘルムとヴァルのことは裏切れないだろうし）

などとレイニーは考えている。そしてそれだけの段取りをつけて、レイニーはようやくウィルヘルムに戻ることになった。

エピローグ

レイニーがウィルヘルムに戻ってから、既に五年の月日が経った。

朝方、夫婦のベッドの中で腹のあたりがくすぐったいような気がして、ジークヴァルドはゆっくりと目を開く。すると愛おしい妻がそっと彼の腹筋の間に指を滑らせて遊んでいた。

「こら、朝からそんなことをして、襲われたいのか?」

寝起きの掠れた声で囁くと、レイニーはうっとりとした顔でジークヴァルドを見上げる
「だって……ヴァルはあいかわらず逞しくて素敵だなって思って……」

ゆっくりと腹部を撫でるレイニーの華奢な指を見ていると、昨夜、この指が彼のモノを扱いていた淫らな光景が一気に脳裏に蘇った。ジークヴァルドは身のうちに湧き上がる欲望に、ゴクリと唾を飲む。

「レイニー!」

たまらずにその体をベッドに押し倒して、昂るそれを彼女の柔らかな腹部に擦りつけた瞬間、外からヤスミンの声が聞こえた。

「ダメですよ。ご領主様は、昨日遅く戻られてまだ眠っていらっしゃるんですから……」

「でもおかあしゃまは、おとうしゃまといっしょにいるって……ずるい～」

可愛らしい鳥のさえずりみたいな声が響くと同時に、ベルで呼ぶまで開けるなと言っていた寝室の向こうの扉が開いた。

「おとうしゃま～、おかえりなしゃい！」

半裸で横たわっている夫婦の様子も気にせずに飛び込んでくるのは、レイニーと並ぶほど愛おしい、彼女との間の娘だ。

「……シェリル、お父様はまだ寝ていたのに……」

つん、と額を突きつつ、ベッドの上に抱き上げると、まだ三歳の娘は嬉しそうにケラケラと笑った。

「も、申し訳ありません」

扉の向こうから、こちらを覗かないように声をかけるのはヤスミンだ。

彼女はあの春ウィルヘルムに戻った後、彼女をずっと心配していた幼馴染(おさななじ)みからプロポーズされ、すぐに結婚し秋には子供を授かった。その後一年ほどで肩の怪我もすっかり癒えて、今ではレイニーの侍女だけでなく、娘シェリルの乳母も務めている。

「いやいい。俺もシェリルにずっと会いたかった。昨日の夜に帰った時には、寝ていたからな」

はだけられていた寝間着をかきよせつつ、ジークヴァルドは、それまで見せていた夫の顔から、なんとか父の顔を保つ。さりげなくガウンをまとったレイニーは横でクスクスと笑っていた。

「シェリル、知っているか？　湖の畔の瑠璃草が咲いたんだ。後で一緒に見に行こう。だから父様達に風呂に入って、着替えする時間をくれないか？」

その言葉にシェリルは頷いた。娘の紫色の光彩に、自分の姿が映る。

（レイニーの父は、娘の瞳を見て、何を思っていたんだろうな……）

紫色の瞳は、レイニーが受け継いだものだろう。希少な紫色の瞳は聖女の証しとも言われている。

レイニーはあのあと『慈雨の乙女』として、教会に請われて、必要があればあちこちの地方に出かけていき、雨を降らせている。もしかしてシェリルも聖女の力が目覚めるかもしれない。そしてそれは本人にとって幸せなことかどうかは、聖女を妻に持つ自分にもよくわからないのだ。

（まあ、何があってもシェリルもレイニーも俺が守る）

あの日、『強奪婚』で決闘してでもレイニーを手に入れたように、どこで何があっても、誰と戦ってでも妻と娘の幸福は守るつもりだ。

「じゃあ、ヤスミンと一緒に待っていてくれ。ヤスミン、三時間後に湖で昼食を食べられるように準備をしてくれ」

「はい、かしこまりました」

「じゃあ、おとうしゃま、おかあしゃま、あとでね」

大人びた口調で挨拶をして出て行く娘を見て、レイニーと顔を見合わせて笑ってしまった。

「あぁ、娘も可愛いが、今日も俺の妻は愛らしくて美しいな」

「ヴァルも、今日も素敵」

微笑み合ってレイニーの頬を捕らえて口づける。実はそろそろもう一人ぐらい子供が欲しい、などとはずっとレイニーとも話をしているのだ。そっと妻の手を取ってジークヴァルドは耳元で囁く。

「さて、三時間ほど時間を稼いだぞ。一緒に風呂に入って……さっきの続きを」

そっと貝殻のような耳朶に口づけると、彼女はほぅっと、艶めいた吐息を漏らす。

「……仕方ない旦那様ですね」

くすりと笑った妻はジークヴァルドの手を取って、夫婦の寝室から直接行ける風呂に向かって彼を誘う。


きっと湖の畔からは、今年も瑠璃草の絨毯が見られるだろう。今は湖の畔に住んでいるヒルデガルドを誘って一緒にお茶の時間を楽しもう。幸せな午後の時間を想像して、ジークヴァルドは幸せそうなため息を一つついたのだった。

あとがき

こんにちは、当麻咲来です。この度は『雨降らし令嬢の幸せな結婚』をお読みいただきましてありがとうございます。今回のお話では聖女の力を失ったレイニーが、北の辺境で夫となったジークヴァルドやその母、北の人々に愛されて、力を取り戻し幸せになるお話を書かせてもらいました。

一方的に搾取され、愛情が枯渇したら聖女は力を失うだろう。だとしたら聖女が復活するには、深い愛情に満たされて、幸せにならないと！　ということで書いた作品です。皆様にもレイニーが夫ジークヴァルドの愛に満たされるたび、幸せになるたびに、ほっこりしたり、うるっとしていただけたら本当に嬉しいです。なにより今作は蜂不二子先生の表紙や挿絵がとても素晴らしく、私もお気に入りの作品となりました。お話と一緒に素敵すぎる挿絵を堪能していただけたら嬉しいです。

そして今回も、イラストレーター様、担当編集者様、デザイン担当者様、そのほか本作に関わってくださった皆様のお力で本を出すことができました。

最後に作品を完成してくださるのは、拙作をお手にとって読んでくださった皆様です。いつも感謝しております。またご感想などがあれば是非お気軽にX（旧Twitter）や、編集部様までおたよりいただけたら、今後の励みになります。近いうちにまた皆様にお会いできることを願っています。

今回は、拙作をお読みいただきありがとうございました。

当麻咲来

ガブリエラブックスをお買い上げいただきありがとうございます。
当麻咲来先生・蜂不二子先生へのファンレターはこちらへお送りください。

〒110-0016　東京都台東区台東4-27-5（株）メディアソフト
ガブリエラブックス編集部気付 当麻咲来先生／蜂不二子先生 宛

MGB-134

雨降らし令嬢の幸せな結婚

2025年4月15日 第1刷発行

著　者　当麻咲来（とうまさくる）

装　画　蜂不二子（はちふじこ）

発行人　沢城了

発　行　株式会社メディアソフト
〒110-0016
東京都台東区台東4-27-5
TEL：03-5688-7559　FAX：03-5688-3512
https://www.media-soft.biz/

発　売　株式会社三交社
〒110-0015
東京都台東区東上野1-7-15
ヒューリック東上野一丁目ビル３階
TEL：03-5826-4424　FAX：03-5826-4425
https://www.sanko-sha.com/

印　刷　中央精版印刷株式会社

フォーマットデザイン　小石川ふに（deconeco）

装　丁　齊藤陽子（CoCo.Design）

ISBN 978-4-8155-4360-0